KB123963

엘리너 파전

영국의 작가, 시인.
문학가인 아버지와 배우인 어머니 사이에서 태어났다.
어릴 때 몸이 약해 학교 교육 대신
집에서 수많은 책을 읽으며 자랐다.
작품집『작은 책방』으로 카네기상, 안데르센상을 수상했고,
그림 동화 신데렐라 이야기를
엘리너 파전 특유의 위트와 풍자,
작은 반전으로 재해석한『유리구두』를 쓰고
연극으로 만들기도 했다.

이도우 옮긴이

라디오 작가, 카피라이터로 일하다 소설가가 되었다.
작품『사서함 110호의 우편물』,
『날씨가 좋으면 찾아가겠어요』,『잠옷을 입으렴』을 출간했고,
글과 작품 세계에 관해 평생 멘토와 같았던
엘리너 파전의『작은 책방』과『유리구두』를 우리말로 옮겼다.

The
Little
Bookroom

✧

작

은

책

방

The
Little
Bookroom

✦

작
은

책
방

엘리너 파전 지음
ELEANOR FARJEON

이도우 옮김

WATERMELON · SUGAR ·

작가 노트

어린 시절 내가 살던 집에는 '작은 책방'이라 부르던 방이 있었습니다. 사실 그 집에 있던 모든 방을 다 책방이라 부를 수 있었습니다. 계단 위 아이들 방도, 아래층 아버지 서재도 책이 가득했습니다. 책들은 식당 벽에도 줄지어 꽂혀 있었고, 어머니의 거실에도 넘쳐흐르다 2층 침실까지 타고 올라갔습니다. 책 없이 사는 것보다 옷 없이 사는 게 더 자연스러울 정도였습니다. 읽지 않는 것은, 먹지 않는 것만큼이나 이상한 일이었지요.

집의 모든 공간 중에서 가장 잊지 못할 곳이 그 작은 책방이었습니다. 마치 오래 돌보지 않은 정원이 금세 꽃과 잡초들로 뒤덮이듯, 그 방은 책들에게 자리를 내주었습니다. 책들은 전혀 분류되지 않았고 정돈된 흔적도 없었지요. 서재와 식당, 아이들 방은 어울리는 책들이 잘 꽂혀 있었지만, 작은 책방은 다른 가지런한 책꽂이에서 쫓겨난 잡동사니 책들이 모여든 곳이었습니다. 마치 길 잃은 아이들과 방랑자, 외톨이들이 모여

사는 것처럼요. 아버지가 헌책 경매에서 헐값에 사 온 책더미들도
그 방에 쌓여 있었습니다.

쓸모없는 것들도 많았지만 보물이 더 많았습니다. 가난한
하층민들, 평범한 신분의 사람들, 귀족들 이야기가 그 속에 뒤섞여
있었습니다. 책이라는 이름이 붙었다면 그 어떤 책이든 '그건
읽어선 안 된다'는 금지를 받아본 적 없는 아이에게, 작은 책방에서
손이 닿는 대로 책을 고르는 일은 보물찾기와도 같았습니다.

그 먼지투성이 방에는 한 번도 열리지 않은 창문이 있었습니다.
여름날이면 유리창으로 햇살이 스며들어, 한 뼘 일렁이는
햇살 속에서 금빛 먼지가 춤추듯 반짝이곤 했습니다. 작은
책방은 내게 마법의 창문을 열어 내가 사는 세상과는 또 다른
세계로 나를 이끌었습니다. 시와 산문, 사실과 판타지가 가득한
세계로요. 그곳엔 옛 희곡과 역사극, 오래된 모험담, 미신, 전설,
그리고 우리가 '문학의 골동품'이라 부르던 것들이 있었습니다.
『플로렌스의 밤』[1]은 내 마음을 사로잡았고, 『호프만 이야기』[2]는
나를 두렵게 했습니다. 『마노석의 마녀』[3]라는 책도 있었는데,
거기 나오는 마녀는 지금까지 즐겨 읽던 옛날이야기들의 그 어떤
마녀와도 달랐습니다.

책들로 가득 찬 좁은 책장은 벽 중간쯤 높이였지만, 그 위로
천장에 닿을 만큼 온갖 책들이 아무렇게나 쌓여 있었습니다.
바닥에는 기어 올라가기 좋을 만큼 책 무더기가 쌓였고, 창가의

책들은 살짝 건드리기만 해도 와르르 무너져 내렸습니다. 재밌어 보이는 책을 꺼내려다가 새로운 문학의 물결들이 발등으로 쏟아지곤 해서, 정작 보려던 책은 내버려둔 채 이 소동으로 나타난 책을 먼저 읽곤 했지요.

그 작은 책방에서, 나는 찰스 램[4]처럼 책이라는 이름이 붙어 있기만 하면 무엇이든 읽는 버릇을 배웠습니다. 바닥에 웅크리고 앉거나 책장에 불편하게 기대선 채로 책을 읽노라면, 먼지가 내 코에 들어오고 눈이 따가워졌습니다. 하지만 그때도 내 마음은 다른 곳을 헤매고 다녔습니다. 실제보다 더 현실처럼 느껴지는 공상의 세계, 때로는 공상보다 더 이상한 사실들 속을 떠돌다 비로소 그 항해가 끝났을 때야, 내 불편한 자세와 답답한 공기를 알아차렸습니다. 내가 평생 앓았던 인후염이 그 작은 책방의 먼지 탓이었을지도 모릅니다만, 후회하지는 않습니다.

누구도 햇살이 춤추던 거뭇한 유리창을 닦거나, 바닥의 해묵은 먼지를 쓸기 위해 먼지떨이나 빗자루를 들고 들어오지 않았습니다. 아마도 그곳을 깨끗이 쓸어냈다면 작은 책방은 결코 이전과 같지 않았을 겁니다. 그 먼지들— 별 모양 먼지, 금빛 먼지, 꽃가루 같은 먼지, 어머니 대지로 돌아갔다가 다시 히아신스 모양으로 피어날 그 먼지들이 없었더라면 작은 책방이 이토록 그리운 기억으로 남지는 못했을 것입니다.

'이 조용한 먼지'라고, 미국의 시인 에밀리 디킨슨은 노래합니다.

이 조용한 먼지는 신사들과 숙녀들,

소년들이자 소녀들이니.

한때 웃음과 재능, 한숨이었고

드레스와 곱슬머리였네.

또한 영국 시인 비올라 메이넬은, 그녀의 반짝이는 사물들을
무디게 하려고 '날마다 몰래 내려앉는' 선반의 먼지를 닦다가
생각에 잠깁니다.

그러나 오, 내가 닦아낼 이 먼지들은

꽃들이자 왕이고,

솔로몬의 신전이며, 시인들, 니네베[5]이니…….

내가 욱신거리는 눈을 비비며 살며시 작은 책방을 나올 때
머릿속에선 아직도 알록달록한 금빛 먼지들이 춤을 추고, 마음
한구석엔 여전히 은빛 거미줄이 걸려 있었습니다. 어린 시절 나는
공상과 사실을 잘 구분하지 못했으니까요. 그러니 세월이 흘러
내가 스스로 책을 쓰기 시작했을 때, 내 이야기들이 허구와 사실,
판타지와 진실이 뒤섞여 만들어진 것도 당연한 일이었습니다.

지금 여러분이 펼친 이 책은 그 작은 책방의 먼지 속에서 태어난
이야기들입니다. 일곱 명의 하녀들이 일곱 개의 빗자루를 들고
반백 년을 쓸고 또 쓸어도 내 마음속에 남아 있는 사라진 신전과

꽃들과 왕들, 아가씨들의 곱슬머리, 시인들의 한숨, 소년 소녀들의
웃음소리가 묻은 먼지들을 쓸어낼 수는 없었습니다. 그 금빛
존재들은 또 언젠가 어느 작은 책방에 놓여 굴뚝 청소부처럼
먼지를 뒤집어쓰겠지만, 가끔은 행운이 찾아와 누군가 책을
펼쳐주어 잠시나마 다시 빛을 볼 수 있겠지요.

1955년 5월
햄프스테드에서, 엘리너 파전

---

1 『플로렌스의 밤』 하인리히 하이네의 소설 『피렌체의 밤(Florentinische Nächte)』을 말한다.
   막시밀리앙이 병든 마리아를 위해 밤마다 여러 나라에서 겪은 일들을 들려주는 이야기.
2 『호프만 이야기』 E. 호프만의 소설 『The Tales of Hoffmann』. 사랑과 시련을 통해 성장하는
   인간의 모습을 그려냈고 이를 바탕으로 만든 오페라도 유명하다.
3 『마노석의 마녀』 빌헬름 마인홀드의 소설 『The Amber Witch』. 한 여인에게 청혼했다가
   거절당한 아뷀만 보안관이 그녀를 마녀로 몰아 죽이려 하는 이야기.
4 찰스 램 영국의 수필가. 유머와 연민, 애수가 넘치는 그의 문장은 영국 수필의 걸작으로
   평가받는다.
5 니네베 Nineveh. 고대 국가 아시리아의 수도. 유적지는 티그리스강 동쪽 유역으로, 몇 세기
   동안 번영했으나 메디아와 바빌로니아의 침공으로 파괴되었다.

차례

일곱 번째 공주

THE SEVENTH PRINCESS

한평생 머리카락만을 위해 살았던 여섯 공주를 아십니까? 이게
바로 그 이야기입니다.

　옛날, 집시 여인과 결혼한 왕이 있었습니다. 왕은 마치 여인이
유리로 만들어진 것처럼 조심스럽게 돌보고 아꼈습니다. 왕비가
멀리 떠나갈까 봐, 울타리로 둘러쳐진 넓은 정원 한가운데 궁전을
짓고 거기서 살게 했지요. 그리고 결코 그녀를 울타리 밖으로
내보내지 않았습니다. 왕비도 왕을 아주 많이 사랑했기에, 자신이
얼마나 저 울타리 밖으로 나가고 싶은지 말하지 않았습니다. 대신
궁전 지붕에 올라가 몇 시간이나 동쪽의 들판과 남쪽의 강, 서쪽의
언덕과 북쪽의 시장을 바라보며 앉아 있곤 했습니다.
　오래지 않아 왕비는 떠오르는 해처럼 환한 쌍둥이 딸들을
낳았습니다. 쌍둥이들이 세례를 받던 날, 기쁨에 들뜬 왕은
왕비에게 무엇을 선물로 받고 싶은지 물었습니다. 왕비는

지붕에 올라 동쪽을 바라보더니 푸른 들판에 찾아온 5월을 보고
말했습니다.

"내게 봄을 주세요."

왕은 정원사 오만 명을 불러들여, 저마다 들에 피는
야생화와 어린 자작나무를 들고 와 궁전 울타리 안에 심으라고
명령했습니다. 정원사들이 일을 마치자 왕은 왕비와 함께
아름다운 정원을 산책하며 수많은 꽃과 나무들을 보여주었습니다.
그리고 말했지요.

"사랑하는 아내여, 이제 봄은 그대 것이오."

하지만 왕비는 그저 한숨을 쉴 뿐이었습니다.

이듬해 이른 새벽처럼 아름다운 쌍둥이 딸들이 또
태어났습니다. 쌍둥이들이 세례를 받던 날, 왕은 또다시 왕비에게
어떤 선물을 받고 싶은지 물었습니다. 왕비는 지붕에 올라 남쪽을
바라보더니 골짜기에서 반짝이는 물줄기를 보고 말했습니다.

"내게 강을 주세요."

왕은 일꾼 오만 명을 소환해, 강줄기를 정원으로 끌어들이고
왕비의 축복받은 땅에 가장 아름다운 분수대를 만들라고
말했습니다. 그러고는 왕비와 함께 그곳으로 나가 대리석
분수대에서 강물이 솟아나는 풍경을 보여주었습니다.

"이제 그대는 강을 가졌소."

하지만 왕비는 대리석 분수의 포로가 되어 솟구치다 떨어지기를

반복하는 강물을 물끄러미 바라만 보다, 고개를 떨궜습니다.

이듬해에도 한낮의 햇살 같은 쌍둥이 딸들이 태어났습니다. 왕비는 지붕에 올라 북적거리는 북쪽 마을을 바라보고는 말했습니다.

"내게 사람들을 주세요."

왕이 나팔수 오만 명을 마을로 보내자, 얼마 후 나팔수들은 순박한 시장 아낙네 여섯 명을 데리고 돌아왔습니다.

"사랑하는 왕비여, 여기 그대의 사람들이 왔소."

왕이 말했습니다.

왕비는 남몰래 눈물을 닦고는 아름다운 여섯 딸들을 튼튼한 여섯 아낙네에게 맡겼습니다. 그렇게 공주들은 저마다 유모를 갖게 되었지요.

4년째 되던 해, 왕비는 딸 하나를 더 낳았습니다. 그녀처럼 몸집이 자그마하고 까무잡잡한 갈색 살갗을 가진 아기였습니다. 언니들과도 닮지 않았고, 몸집이 크고 살결이 흰 왕과도 닮지 않았지요.

막내딸이 세례를 받던 날, 왕은 함께 지붕에 올라 또다시 물었습니다.

"무엇을 선물로 받고 싶소?"

왕비는 서쪽으로 눈을 돌렸고, 산비둘기 한 마리와 백조 여섯 마리가 언덕 위로 날아가는 것을 보았습니다.

"아!"

왕비가 외쳤습니다.

"내게 새들을 주세요!"

왕은 즉시 새 사냥꾼 오만 명을 보내 새를 잡아 오라고 했습니다. 그들이 떠나자 왕비가 말했습니다.

"폐하, 우리 아이들은 요람에 누워 있고 우리는 왕좌에 앉아 있지만, 머지않아 요람은 텅 비고 우리는 더 이상 이 자리에 없을 것입니다. 그날이 오면 일곱 딸 중에 누구를 여왕으로 삼으시겠습니까?"

왕이 미처 대답하기 전 사냥꾼들이 새들과 함께 돌아왔습니다. 보드라운 가슴 털에 조그맣고 둥근 머리를 파묻은 수수한 비둘기를 바라보다, 왕은 하얗고 긴 목에 우아한 깃털을 가진 백조에게로 시선을 돌리며 말했습니다.

"머리카락이 가장 긴 공주가 여왕이 될 것이오."

왕비는 여섯 유모를 불러 왕의 말을 전했습니다.

"그러니 기억하거라. 내 딸들의 머리카락을 정성껏 감기고 빗겨야 한다는 것을. 누가 여왕이 될지는 너희 손에 달렸으니."

"그럼 누가 일곱 번째 공주님의 머리를 감기고 빗겨줍니까?"

유모들이 물었습니다.

"내가 할 것이다."

왕비가 말했습니다.

순박한 유모들은 자기가 돌보는 공주가 여왕이 되길 간절히
바랐습니다. 날씨가 좋은 날이면 공주들을 꽃 피는 들판으로
데리고 나가, 분수대 물로 머리를 감기고 햇볕에 마르도록
펼쳐주었습니다. 그러고는 머리카락이 황금빛 비단실처럼 빛날
때까지 곱게 빗질해 리본과 꽃으로 장식했습니다. 그 누구도 여섯
공주처럼 황홀한 머리카락과, 이 유모들처럼 정성껏 머리카락을
손질해주는 사람을 보지 못했을 겁니다. 아름다운 여섯 소녀가
가는 곳에는 언제나 여섯 마리 백조가 따라다녔지요.

하지만 일곱 번째 작고 까무잡잡한 공주는 단 한 번도
분수대에서 머리를 감지 않았습니다. 막내 공주의 머리카락은 늘
빨간 손수건으로 감싸여 있었고, 지붕에 앉아 산비둘기와 놀고
있을 때 왕비가 몰래 막내딸의 머리카락을 빗겨줄 뿐이었습니다.

마침내 왕비는 삶에서 주어진 시간이 다 되었음을
깨달았습니다. 그녀는 딸들을 불러 하나하나 축복해주고 왕에게
자기를 지붕으로 옮겨 달라고 부탁했습니다. 그곳에서 그녀는
들판과 강을, 언덕과 마을을 차례로 바라보다 눈을 감았습니다.

왕은 눈물을 흘렸지만 그 눈물이 채 마르기도 전에 성문에서
나팔 소리가 울리더니, 시동이 달려와 '세계의 왕자'가 도착했다고
전했습니다. 성문을 활짝 열자 세계의 왕자가 그를 따라온 하인과
함께 들어왔습니다. 왕자는 온통 금으로 치장한 옷을 두르고
있었습니다. 망토가 어찌나 긴지 왕 앞에 서자 망토 자락이 방

끝까지 펼쳐졌고, 모자에 달린 깃털도 천장에 닿을 정도였습니다. 하인이 왕자 앞으로 걸어 나왔는데 그는 낡고 해진 옷을 걸친 젊은이였습니다.

"환영하오, 세계의 왕자여!"

왕이 손을 내밀며 말했습니다. 하지만 세계의 왕자는 입을 다문 채 눈을 내리깔고 서 있을 뿐 아무 말이 없었습니다. 낡은 옷을 입은 하인이 대신 대답했지요.

"감사합니다, 이 나라의 왕이시여."

하인은 왕의 손을 꽉 쥐고 진심을 다해 악수했습니다.

왕은 무척 놀랐습니다.

"왕자는 스스로 말할 수가 없는가?"

그러자 낡은 옷의 하인이 말했습니다.

"만약 그가 말할 수 있다 해도, 아무도 그의 말을 들은 적이 없습니다. 아시다시피 세상에는 온갖 종류의 사람이 있는 법이니까요. 말하는 사람과 침묵하는 사람, 부자와 가난한 자, 생각하는 사람과 행동하는 사람, 올려다보는 사람과 내려다보는 사람…. 저의 주인은 저를 하인으로 선택했습니다. 왜냐하면 그와 저는 극단적인 양쪽 끝에 위치해 있고, 우리 사이에 그가 왕자인 세계가 존재하기 때문입니다. 그는 부유하지만 저는 가난하고, 그가 생각하면 저는 그걸 행동에 옮깁니다. 그가 내려다보면 저는 올려다보고, 그가 침묵하면 제가 말을 합니다."

"그렇다면 왕자는 여기 왜 왔는가?"

왕이 묻자 낡은 옷의 하인이 대답했습니다.

"폐하의 따님과 결혼하기 위해서입니다. 세계가 만들어지는
데는 모든 종류의 사람이 필요하고, 남자가 있으면 여자도 있어야
하는 까닭입니다."

"과연 그렇겠군. 하지만 내겐 딸이 일곱이나 있네. 일곱 명
모두와 결혼할 순 없지 않나."

"왕자는 여왕이 될 공주와 결혼할 겁니다."

낡은 옷의 하인이 대답하자 왕이 말했습니다.

"그럼 내 딸들을 불러오겠네. 드디어 그들의 머리카락 길이를 잴
때가 되었으니."

그렇게 일곱 공주들은 왕 앞에 불려 나왔습니다. 금빛 머리
여섯 공주는 유모들과 함께 왔고, 작고 까무잡잡한 공주는 혼자서
왔습니다. 낡은 옷의 하인은 공주들을 찬찬히 바라보았지만
세계의 왕자는 줄곧 눈을 내리깐 채 누구도 보지 않았습니다.

왕은 궁중 재봉사를 불러오라 했고, 곧 재봉사가 줄자를
가지고 나타났습니다. 아름다운 여섯 공주는 그들의 머리를
풀어 흔들었습니다. 치렁치렁한 비단실 같은 머리카락들이 마치
꼬리가 끌리듯 바닥까지 닿았지요. 하나하나 차례로 길이를 재는
동안 여섯 유모는 자랑스럽게 그 모습을 지켜보았습니다. 누가
이보다 더 정성 들여 사랑스러운 그들의 머리카락을 길러낼 수
있었을까요?

하지만 안타까워라! 유모들 모두 최선을 다해 똑같이 정성을
쏟았던 탓에, 여섯 공주의 머리카락 길이는 한 치도 다름없이
전부 똑같았습니다. 신하들은 깜짝 놀라 어쩔 줄 몰랐고, 유모들은
절망 속에 두 손을 꼭 쥐었습니다. 난처해진 왕은 자꾸 왕관을
만지작거리고, 세계의 왕자는 여전히 바닥을 내려다보았지요.
오직 낡은 옷의 하인만이 일곱 번째 공주를 바라보았습니다.

　"어찌해야 할까."

　왕이 걱정스럽게 말했습니다.

　"막내딸의 머리카락도 다른 딸들과 길이가 같다면?"

　"그렇진 않을 겁니다, 폐하."

　일곱 번째 공주가 말했습니다. 그녀가 머리를 동여맨
빨간 손수건을 푸는 모습을 언니들은 근심스러운 얼굴로
지켜보았습니다. 정말 막내딸의 머리카락 길이는 자매들과
달랐습니다. 마치 소년처럼 아주 짧게 잘려 있었으니까요.

　"얘야, 누가 네 머리를 그렇게 잘랐느냐?"

　왕이 물었습니다.

　"어머니께서요."

　일곱 번째 공주가 말했습니다.

　"놀라실지 모르지만요, 폐하. 매일 어머니와 제가 지붕에 앉아
시간을 보낼 때 어머니가 가위로 제 머리카락을 잘라주셨습니다."

　"이런, 이런!"

　왕이 한탄했습니다.

"누가 여왕이 될지는 몰라도 넌 아니겠구나."

여기까지가 한평생 머리카락만을 위해 살았던 여섯 공주의 이야기입니다. 그들은 남은 평생 유모들과 함께 머리를 감고 말리고 곱게 빗질하며 보냈습니다. 금빛 머리채가 그들이 키우는 여섯 마리 백조처럼 하얗게 셀 때까지 말입니다.

한편 세계의 왕자는 어느 한 공주의 머리카락이 가장 길어져 그의 여왕이 되기를 바라면서, 온종일 눈을 내리깐 채 일생을 기다렸습니다. 하지만 그런 일은 결코 일어나지 않았으니 아직도 그는 기다리고 있겠지요.

일곱 번째 공주는 다시 빨간 손수건으로 머리를 동여매고 궁전 밖으로 뛰어나가 언덕과 강을, 들판과 시장을 누볐습니다. 산비둘기와 낡은 옷을 입은 하인도 함께 말이지요. 그녀가 말했습니다.

"그런데 말야. 세계의 왕자는 너도 없이 궁전에서 뭘 하고 있는 거야?"

낡은 옷의 하인이 대답했습니다.

"그도 나름대로 최선을 다하고 있을 겁니다. 세상에는 온갖 종류의 사람들이 필요하니까요. 안에 머무는 사람이 있으면, 밖으로 나가는 사람도 있듯이요."

금붕어

THE GOLDFISH

모든 물고기가 바다에서 살던 시절, 작은 금붕어 한 마리도
바다에서 살았습니다. 금붕어는 더할 나위 없이 행복했지만 딱
한 가지만은 조심해야 했습니다. 어부들이 여기저기 쳐 둔 그물을
피하는 일이었지요. 바다의 왕이자 바다 생물의 아버지인 넵튠[1]은
자식들에게 그물을 조심하라 경고했고, 물고기들은 명령에 잘
따랐습니다. 그래서 금붕어도 온종일 푸른빛과 초록빛이 일렁이는
바다를 헤엄치며 만족스러운 삶을 누렸습니다.

　이따금 깊은 곳까지 내려가면 모래와 조개와 진주, 산호, 화사한
말미잘들이 꽃처럼 달라붙은 커다란 바위를 볼 수 있었습니다.
바닥에는 다양한 색깔의 해초들이 주름 장식이나 부채처럼
너울거렸고요. 때때로 금붕어는 바다 표면에 닿을 정도로 높이
올라가보기도 했습니다. 거기엔 하얀 물결이 서로를 쫓아다니고,
거대한 파도가 유리로 만든 산처럼 솟아올랐다가 같은 파도 위로
철썩 부서져 내리곤 했습니다.

그렇게 높이 수면까지 올라갈 때면, 저 멀리 환한 푸른 물속에서 헤엄치는 커다란 물고기가 보였습니다. 금붕어처럼 황금빛이지만 대신 해파리처럼 동그란 모습이었습니다. 밤이 찾아와 바다가 어둡고 검푸르게 변하면, 멀리 낯선 은빛 물고기가 나타나 헤엄치기도 했습니다. 은빛 물고기도 황금빛 물고기처럼 동그랬는데, 가끔은 비스듬히 누워 헤엄치는지 뾰족하게 휘어진 지느러미만 보이는 날도 있었지요.

　작은 금붕어는 사실 황금빛 물고기에게 어떤 질투심을 품고 있었습니다. 하지만 은빛 물고기한테는 첫눈에 반해서 어떻게든 그 곁으로 헤엄쳐 가려고 했습니다. 그런데 어째서인지 그때마다 이상하게 숨이 쉬어지지 않았습니다. 결국엔 헐떡거리며 더 이상 은빛 물고기를 볼 수 없는 바다 밑으로 깊이 가라앉아야만 했지요. 혹시 은빛 물고기가 아래쪽 바다로 내려오지 않을까 기대하며 바다 밑을 몇 마일[2]이나 헤엄쳐 다녔지만, 안타깝게도 그런 행운은 찾아오지 않았습니다.

　어느 밤, 금붕어는 고요한 바닷속을 헤엄치다가 머리 위에 떠 있는 아주 큰 물고기 그림자를 보았습니다. 물고기는 아랫배에 달린 기다란 지느러미만 물 밑으로 드리운 채 나머지 부분은 움직이지 않고 수면에 가만히 떠 있었습니다. 바다에 사는 물고기라면 죄다 알고 있었지만 이런 물고기는 난생처음이었습니다. 고래보다도 크고 문어의 먹물만큼이나 새까맸습니다. 호기심 많은 금붕어는 조그만 코로 톡톡 물고기의 배를 건드리며 주위를 빙빙 돌다가 마침내 물었습니다.

"당신은 대체 무슨 물고기인가요?"

커다란 검은 그림자가 웃음을 터뜨렸습니다.

"나는 물고기 같은 게 아니야. 나는 배다."

"물고기도 아닌데 여기서 뭘 하고 있나요?"

"지금은 아무것도 하지 않아. 바람이 불지 않으니 나도 멈출 수밖에. 하지만 다시 바람이 불면 나는 온 세계를 돌아다닐 거다."

"세계가 뭐예요?"

"네가 보는 것들과 그 너머의 모든 것들이지."

"그럼 나도 세계 속에 있는 건가요?"

금붕어가 물었습니다.

"당연히. 너도 세계 속에 있다."

금붕어는 기뻐서 살짝 몸통을 흔들며 외쳤습니다. 지느러미가 따라서 흔들렸지요.

"멋진 소식을 들었어, 멋진 소식을!"

지나가던 돌고래가 멈추더니 물었습니다.

"방금 뭐라고 소리친 거야?"

"내가 세계 속에 있대."

"누가 그래?"

"배라는 것이."

금붕어가 말했습니다.

"흥!"

돌고래가 비웃었습니다.

"증거를 대보라고 해봐!"

그러고는 가버렸지요.

살랑거리던 금붕어의 지느러미가 멈췄습니다. 의심이 들면서 기쁨이 사그라들었거든요. 금붕어는 다시 배에게 물었습니다.

"왜 세계는 내가 볼 수 있는 것보다 큰가요? 내가 정말 그 속에 있다면, 내게도 세계가 다 보여야 할 것 같은데요. 그렇지 않다면 어떻게 그 말을 믿겠어요?"

"내 말을 믿는 게 좋을 거다."

배가 말했습니다.

"너처럼 조그만 녀석은 아무리 원해본들 세계의 한 조각밖에 볼 수 없거든. 그 테두리 너머는 결코 보지 못해. 저 너머엔 미지의 것들로 가득한 많은 나라가 있고, 세계는 마치 오렌지처럼 둥글단다. 하지만 넌 그게 어떻게 둥근지도 알 수 없을 거다."

배는 세상 저 너머에 있는 수많은 것들에 관해 이야기했습니다. 남자와 여자와 아이들, 꽃과 나무들, 꼬리에 푸른빛 금빛 초록빛 눈이 달린 새, 희고 검은 코끼리와 뗑그렁 종이 울리는 사원들에 대해서 말입니다. 금붕어는 마음이 아파서 울었습니다. 세계의 테두리 너머도, 세계가 둥글다는 것도, 세계의 온갖 신기한 것들도 자기는 볼 수 없으니까요. 그 모습에 배는 어이가 없어 껄껄 웃었습니다.

"이봐, 꼬마 친구. 만약 네가 저기 보이는 달이라도, 아니, 설령 하늘의 해라도 어차피 한 번에 세계의 절반씩밖에는 볼 수가 없어."

"저기 보이는 달이라니 누굴 말하는 건가요?"

금붕어가 물었습니다.

"저 하늘에 걸린 은빛 조각 말이다."

"저기가 하늘이라고요? 나는 위쪽에 있는 또 다른 바다라고 생각했어요. 그리고 달이라니! 난 여태 은빛 물고기인 줄 알았죠. 하지만 그럼, 해는 누구인가요?"

"해는 낮 동안 하늘을 굴러가는 황금빛 공이지. 듣자니 해는 달의 연인이라서 달에게 빛을 나눠 준다고 하더군."

"그렇다면 나는 달한테 세계를 줄 거야!"

금붕어는 이렇게 외치며 온 힘을 다해 튀어 올랐지만, 달까지 닿지 못했습니다. 숨을 헐떡이며 바닷속으로 떨어지고 말았지요.

금붕어는 마치 작은 금빛 돌멩이처럼 바다 밑바닥에 가라앉아 일주일을 가슴이 터져나갈 듯 흐느꼈습니다. 배가 말해준 이야기들은 비록 완벽하게 이해하기엔 어려웠지만 금붕어의 마음을 억누를 길 없는 그리움으로 가득 채웠습니다. 금붕어는 은빛 달의 마음을 사로잡고, 해보다 강인한 물고기가 되어 세계의 꼭대기부터 밑바닥까지 보고 싶었습니다. 이 끝에서 저 끝까지, 지금 살고 있는 작은 세상 테두리 너머 놀라운 모든 것을 간절히 알고 싶었습니다.

그 무렵 바다를 다스리는 넵튠은 하얗고 진홍색 산호 숲을 거닐다가, 누군가 숨을 몰아쉬며 킥킥 웃어대는 소리를 들었습니다. 넵튠이 산호 가지 사이로 들여다보니 통통한 돌고래가 매끈한 옆구리를 들썩거리며 웃고 있었습니다. 멀지 않은 곳에선 금붕어가 눈물을 흘리며 헤엄치고 있었고요. 넵튠은 좋은 아버지가 그렇듯이 자식들의 모든 기쁨과 슬픔을 나누고 싶었기에 돌고래에게 물었습니다.

"무엇이 그리 우습더냐?"

"하하하! 금붕어가 슬퍼하는 이유가 너무 웃깁니다."

돌고래가 웃음을 내뿜었습니다.

"금붕어가 슬퍼한다고?"

넵튠이 물었습니다.

"그렇습니다. 자그마치 일곱 낮 일곱 밤 동안 울었는데 저 애는… 하하하! 글쎄, 달과 결혼하지 못하고 해보다 훌륭하지 않다고, 세계를 가질 수 없다고 울고 있지 뭐예요."

그러자 넵튠이 말했습니다.

"그럼 너는 그런 이유들로 울어본 적이 없었느냐?"

"전혀요!"

돌고래가 물방울을 뻐끔거렸습니다.

"말도 안 돼요. 저 멀리 떠 있는 두 개의 얼룩일 뿐인 해와 달 때문에 울다니요! 아무도 볼 수 없는 세상 때문에 운다고요? 절대로요, 아버지. 하지만 만약 내 저녁거리가 먼 곳에 있다면 울지도 모르죠. 죽음이 다가오는 걸 보면 울 거예요. 하지만 그게 아니라면 그냥 흥! 하고 말죠."

"흐음, 바다엔 정말 많은 물고기가 있으니 말이다."

넵튠은 허리를 굽혀 금붕어를 들어 올리고는 손가락으로 쓰다듬으며 타일렀습니다.

"자, 얘야. 눈물로 시작한 이야기라고 눈물로 끝내선 안 되지. 운다고 무슨 소용이 있겠느냐. 정말 달과 결혼하고 해보다 위대해져서 온 세상을 갖고 싶은 게냐?"

"네, 아버지! 정말이에요."

금붕어가 바르르 떨며 대답했습니다.

"그렇다면 그물에 걸리는 것 외엔 다른 방법이 없다. 저 수면 아래 떠 있는 게 보이겠지? 그물이 무서우냐?"

"그물이 제 소원을 이뤄준다면, 무섭지 않아요."

금붕어는 용감하게 말했습니다.

"그래. 모든 위험을 무릅쓴다면 네가 갈망하는 걸 얻을 거다."

넵튠은 약속했습니다. 그는 금붕어가 그의 손가락에서 돌진하듯 벗어나 무엇인가 잡히기만을 기다리는 그물 쪽으로 용감히 헤엄쳐 가는 모습을 바라보았습니다. 그물이 금붕어를 덮칠 때, 넵튠은 손을 뻗어 또 다른 물고기 하나를 미끄러뜨리듯 그물 속에 넣어주었습니다. 이윽고 그는 풀빛 수염을 쓸어내리며, 다시 크고 작은 바다 아이들 사이로 산호 숲을 거닐었지요.

과연, 금붕어에겐 어떤 일이 일어났을까요?

배 위에서 기다리던 어부가 그물을 끌어올리자 그물엔 금빛 금붕어와 함께 은빛 물고기가 들어 있었습니다. 은빛 물고기는 사랑스러운 동그란 몸통에, 달빛을 받은 구름처럼 은은히 빛나는 비단 같은 지느러미가 달려 있었고요.

"오, 아름다운 한 쌍이군!"

어부는 중얼거리며 어린 딸을 기쁘게 해주려고 두 물고기를 집으로 가져갔습니다. 딸이 더욱 기뻐하도록 둥근 유리 어항 바닥에다 모래와 조개, 작은 조약돌을 깔았습니다. 군데군데 산호 가지와 해초 몇 가닥도 넣었지요. 어부는 어항에 물을 채워 물고기들을 넣어주고는, 그 작은 유리로 만든 세계를 오두막 창가 탁자에 올려 놓았습니다. 금붕어는 기쁨에 겨워 은빛 물고기 쪽으로 헤엄쳐 가서 외쳤습니다.

"당신은 하늘 밖으로 나온 달이로군요! 맙소사, 세계가 이렇게나 둥글다니!"

유리로 된 세계에서 밖을 내다보니 꽃과 나무가 자라는 뜰이 보였습니다. 다른 쪽을 내다보니 검은 흑단과 흰 상아로 만든 코끼리가 벽난로 위에 있었습니다. 어부가 이국에서 가져온 기념품이었지요. 또 다른 벽에는 푸른빛 금빛 초록빛 눈이 달린 공작 깃털 부채가, 나머지 벽 선반에는 종이 매달린 중국의 작은 사원이 놓여 있었습니다.

어항 바닥은 산호와 모래, 조개껍데기가 깔린 친숙한 그들만의 세계였고, 저 위에선 남자와 여자와 아이가 세계의 테두리 너머로 그들을 내려다보며 웃고 있었습니다. 금붕어는 기쁨으로 지느러미를 흔들며 은빛 신부에게 외쳤습니다.

"아, 나의 달빛 신부여! 난 해보다 훌륭해졌어요. 세계의 절반이 아닌 전부를 당신에게 줄 수 있으니까. 하늘 꼭대기부터 바다 밑바닥까지, 세계 안쪽과 테두리 너머 신비한 것들까지 전부를!"

넵튠은 바다 밑에서도 지나가는 모든 말들을 들을 수 있었기에 수염으로 미소를 가리며 말했습니다.

"그렇게 작은 물고기를 광활한 바다에서 살게 했다니 나의 실수였다. 그 아이에겐 자기 크기에 꼭 맞는 세계가 필요했던 거야."

금붕어의 세계가 둥근 유리 어항이 된 까닭은 그러했답니다.

---

1 **넵튠** 그리스 신화 속 바다의 신 포세이돈의 로마식 이름.
2 **마일** 거리 단위. 1마일은 약 1.6km

레몬 빛깔 강아지

THE CLUMBER PUP

1

아버지가 세상을 떠날 무렵 조 졸리는 거의 빈털터리나 다름없었습니다. 남은 거라곤 걸터앉을 의자 하나뿐, 지금 사는 오두막도 그들의 것이 아니었습니다. 아버지 존 졸리가 일해온 숲은 지방 영주의 땅이었는데, 나무를 베는 품삯 일부로 오두막에서 살게 해주었던 것입니다. 매주 금요일에 받는 3실링이 전부였고, 심지어 나무를 베는 도끼조차 아버지 것이 아니었습니다.

조는 숲에서만 자라 많이 배우지 못했어도, 손재주가 좋고 동물을 사랑할 줄 알았습니다. 그리고 동물을 사랑하듯이 아버지를 사랑했습니다. 조는 나무 베는 일을 자주 도왔지만 영주와 그의 집사는 조의 존재를 알지도 못했습니다.

지난주 받은 품삯이 다 떨어진 목요일 저녁, 나이 든 존 졸리는 크게 아팠습니다. 존은 낡은 안락의자에 기대앉아 말했습니다.

"조, 내 눈앞에 더 좋은 세상이 보이는구나."

이튿날 아버지가 몸을 일으키지 못하자, 조는 대신 숲에 나가 일하고 집사에게 품삯을 받으러 갔습니다.

"너는 누구냐?"

집사가 물었습니다.

"존 졸리의 아들입니다."

조가 대답했습니다.

"왜 존 졸리가 직접 오지 않았지?"

"아버지는 아프십니다."

"그럼 나을 때까지 누가 그 일을 한단 말이냐."

"제가 하겠습니다."

집사는 3실링을 세어 조가 가져가도록 거기 두었습니다. 마음속으로는 혹시 신의 은총으로 존 졸리가 죽으면, 그 일을 아내의 늙은 삼촌에게 넘겨야겠다고 생각하면서요. 아내의 늙은 삼촌은 집사 집에 성가시게 얹혀살면서 돈만 축내고 있었거든요.

존 졸리는 그 뒤로 한 달을 더 살았습니다. 조는 상냥하게 아버지를 돌보면서 맡은 일도 전부 해냈습니다. 환자가 있으니 3실링은 금방 바닥났고, 조는 살림살이를 하나둘 내다 팔아 조금이라도 편히 보살피려고 애썼습니다. 이윽고 넷째 주 목요일, 존 졸리는 평화롭게 풀밭 아래 잠들었습니다. 오두막엔 낡은 의자와 구리로 만든 어머니의 결혼반지만이 남았지요.

조는 난생처음 자신의 앞날에 대해 생각했습니다. 하지만 오래 고민하지는 않았습니다. 조는 열여덟 살의 잘생기고 강직한 청년이었고, 다람쥐처럼 날렵한 데다 살갗은 소나무 껍질처럼 단단히 그을려 있었습니다. 그의 두 손은 줄곧 나무를 베는 일만 해왔기에 조는 아버지가 하던 일을 이어받아야겠다고 마음먹었습니다. 금요일 저녁, 조는 여느 때처럼 품삯을 받으러 가서 집사에게 말했습니다.

"아버지는 더 이상 나무를 베지 못하십니다."

"어째서?"

집사는 은근히 기대하며 물었습니다.

"더 좋은 세상으로 떠나셨거든요."

"오, 그럼 영주님의 나무꾼 자리가 오십 년 만에 비게 되었군."

반색하는 집사에게 조가 다시 말했습니다.

"제가 그 자리를 이어받고 싶습니다."

하지만 아내의 늙은 삼촌을 쫓아낼 기회를 잡은 집사는 입술을 오므리며 코를 긁적이더니 고개를 저었습니다.

"경험이 풍부한 사람만이 할 수 있는 일이야. 너는 안 된다."

그는 3실링을 세어 조에게 건네고 잘 살기 바란다며 내보냈습니다.

조는 말다툼을 좋아하는 성격은 아니었습니다. 나무 베는 일을 꽤 잘하긴 해도 몇 년 동안 경험을 쌓은 건 아니었으니, 집사가 그렇게 마음을 굳혔다면 더 부탁해도 소용없을 거라 여겼습니다.

조는 오두막으로 돌아와 아버지의 의자를 바라보며 생각했습니다.

'음… 저 의자를 들고 갈 수는 없는데. 그렇다고 팔고 싶지도 않고, 부숴서 땔감으로 쓰는 건 결코 원치 않아. 다음 나무꾼한테도 의자가 필요하겠지. 무엇보다 저 의자도 내 마음처럼 지금까지 살던 집에 계속 있고 싶을 거야. 어쩔 수 없구나. 잘 있어, 낡은 의자야.'

조는 주머니에 3실링과 구리반지만 넣은 채 평생 살아온 정든 집을 떠났습니다.

2

익숙한 곳을 벗어나 큰길을 따라 몇 마일이나 걷는 건 조에게 무척 새로운 경험이었습니다. 숲을 몹시 사랑했기에 그동안 굳이 떠날 이유를 못 찾았지만, 아버지가 돌아가신 지 이틀도 안 된 지금 조는 새로운 세상을 누비고 있었습니다. 보고 듣는 무엇 하나 놓치지 않으려고 눈을 빛내며 귀를 기울였습니다. 어느 길로 접어들든 상관없었기 때문에, 조는 그를 궁금하게 만드는 소리가 들리는 쪽으로 가기로 했습니다. 얼마 후 아주 희미하게 도끼로 나무를 찍는 그리운 소리가 들려왔습니다. 너무나 먼 곳, 마치 다른 세상에서 들려오는 듯 어렴풋했지만 그 소리는 조를 이끌었습니다.

밤새 걷다 이튿날 아침 무렵, 조는 어디선가 개가 애처롭게

우는 것을 알았습니다. 서둘러 길모퉁이를 돌아가니 마을 연못이 보였습니다. 연못가에 큰 사내아이들이 빙 둘러서 있고, 그 하나가 강아지를 연못에 빠뜨리려는 참이었습니다. 어미 개는 아름다운 레몬 빛깔의 클럼버 스패니얼[1]이었는데, 걱정으로 낑낑대며 사내아이 바짓자락을 물고 늘어지고 있었습니다. 녀석은 어미 개를 계속 걷어차느라 강아지를 물에 완전히 담그지 못했고, 다들 재밌다는 듯이 그들의 싸움을 구경했지요. 녀석이 인내심을 잃고 마지막으로 힘껏 어미 개를 걷어차며 강아지를 연못에 집어 던지려는 순간, 조가 그 팔을 꽉 붙들었습니다.

"그만둬!"

사내아이는 홱 거칠게 돌아보았으나 상대가 자기보다 키가 크고 힘도 세 보이자, 험한 표정을 짓지는 못하고 부루퉁하게 대꾸했습니다.

"왜? 강아지는 물에 빠뜨리라고 태어나는 거잖아, 안 그래?"

"내 앞에선 안 돼. 놓아줘."

조가 말하자 녀석이 빈정댔습니다.

"네가 살 건가?"

"얼마를 원하는데?"

조가 묻자 녀석이 되물었습니다.

"얼마나 갖고 있어?"

"3실링."

"좋아, 팔았다!"

사내아이는 레몬 빛깔 강아지를 조에게 넘겨주고 3실링을 낚아채더니, 또래들과 웃음을 터뜨리며 같이 도망쳤습니다. 돈을 손에 쥔 녀석이 제일 요란하게 웃었지요. 어미 개는 뒷다리로 서서 조의 가슴에 앞발을 올려놓더니, 강아지를 다정하게 감싼 그의 손을 핥아주었습니다. 조는 어미 개의 따뜻한 갈색 눈동자를 들여다보며 말했습니다.

"당신 아이는 제가 잘 돌보겠습니다, 부인. 걱정 말고 이제 주인을 따라가세요."

그러자 저만치 가던 사내아이들 가운데 하나가 어깨 너머로 소리쳤습니다.

"이 녀석이 주인도 아니야! 오늘 아침 자기 집 건초 더미에서 주인 없는 개들을 잡았을 뿐이거든!"

그들은 속아서 쓸데없이 돈을 날린 바보를 의기양양하게 비웃으며 사라졌습니다.

"흠, 귀여운 강아지에다 아름다운 어미 개까지 얻었으니 그리 나쁜 거래는 아니었어."

조가 말했습니다.

"이제 너희들도 나와 앞날을 함께하겠구나. 어미와 아이 모두가."

조는 강아지를 품속에 넣고 꼭 안았습니다. 강아지가 안심하듯 자리를 잡자 조는 짜릿한 기쁨으로 가슴이 뛰었습니다. 이 꼬마가 세상 어떤 것과도 바꿀 수 없는 자기만의 강아지가 되리란 걸 깨달았기 때문이지요. 조는 텅 빈 주머니로 다시 길을 떠났고 어미 개 스패니얼이 그 뒤를 따랐습니다.

3

돈을 다 써버린 조는 온종일 굶으며 걸어야 했습니다. 끊임없이
그를 부르던 도끼 소리가 부쩍 가까워진 것은 해 질 무렵 숲
어귀에 이르렀을 때였습니다. 조는 푸른 고향을 떠난 뒤 처음 만난
숲이어서 마치 집으로 돌아온 기분이 들었습니다.

그늘진 숲속으로 들어서자 곧이어 가냘픈 야옹— 울음소리가
들려왔지요. 버려진 새끼 고양이었습니다. 흐르는 강물에
비치는 햇살 같은 금빛 털에, 눈동자는 꿀을 떨어뜨린 듯 말간
색깔이었습니다. 비틀거리며 바들바들 떨던 새끼 고양이는 조가
안아 들자 기뻐하는 것 같았습니다. 조의 긴 손가락에 감싸여
보드라운 솜뭉치 같은 작은 몸은 보이지도 않을 정도였어요.
새끼 고양이 몸이 너무 차가워, 조는 품속의 강아지 옆에 함께
넣어주고 단추를 채웠습니다. 비로소 행복한 가르랑 소리가 새어
나왔습니다.

날은 점점 어두워졌습니다. 나무를 베는 도끼 소리는
백 야드²가 채 안 되는 곳까지 가까워졌고, 조는 그 소리가
음악보다 좋았습니다. 그리운 마음에 그는 가만히 서서
귀기울였습니다. 그런데 갑자기 쿵! 나무 쓰러지는 기척에 이어

46

누군가의 신음 소리가 들려왔습니다. 서둘러 사고가 난 곳으로
뛰어갔을 때 쓰러진 나무 아래 깔린 사람이 아버지와 너무나
닮아서, 한순간 조는 정말로 아버지 존 졸리인 줄 알았습니다. 저녁
어스름 탓인지도 몰랐습니다. 하지만 어떻게 그럴 수가 있겠어요?
조는 곧 이 늙은 나무꾼이 그저 아버지와 닮은 노인일 뿐이라는
걸 깨달았습니다. 몸집이 비슷하고 평생 똑같은 소임을 계속해 온
노인들은 서로 닮을 수밖에 없으니까요.

"많이 다치셨어요?"

조가 물었습니다.

"여기서 빠져나가기 전까진 정확히 모르겠네."

노인이 대답했습니다.

거대한 나뭇가지가 늙은 나무꾼의 오른팔을 짓눌러서, 조는
도끼를 찾아 나뭇가지를 조각냈습니다. 조심스러운 손길로
노인의 팔을 빼내어 만져보고는 팔이 부러진 것을 알았지요.
그는 산토끼의 부러진 다리나 어치의 상처 입은 날개를 곧잘
고쳐주었기 때문에 무엇을 해야 할지 잘 알고 있었습니다. 조는
금세 노인을 편안하게 해주고 땅에서 안아 올린 다음, 어디로
데려다드릴지 물었습니다.

"내 오두막이 오십 걸음쯤 떨어진 곳에 있다네."

노인이 말했습니다.

노인의 오두막은 조가 살던 집과 비슷했지만 살림살이가 더
많았습니다. 조는 방 한구석 깨끗한 침대보가 깔린 좁은 침대에

노인을 눕혔습니다. 그리고 아무것도 묻지 않은 채 벽난로에
장작불을 지피고, 주전자에 물을 끓이고, 노인이 먹을 저녁을
준비하고는 찬장과 선반을 뒤져 음식과 그릇도 꺼냈습니다.
순식간에 찻주전자에서 김이 오르고, 빵과 빵을 적셔 먹을 고기
기름이 차려졌습니다. 노인은 누운 채 족제비처럼 예리한 눈길로
조를 지켜보았습니다.

식사 준비를 끝내자 조는 윗옷을 벗고 강아지와 새끼 고양이를
꺼냈습니다. 어미 개는 벽난롯가에 자리잡고 눕더니 새끼
두 마리에게 나란히 젖을 물리면서 조를 반짝이는 눈빛으로
바라보았지요. 조가 노인에게 물었습니다.

"혹시 어미 개에게 줄 물과 남는 음식이 있을까요?"

"바깥에 펌프가 있고 선반에 뼈다귀 하나가 있네."

조가 뼈다귀와 물이 담긴 그릇을 어미 개 옆에 놓아주자 노인이
말했습니다.

"자네도 컵과 접시를 가져와 저녁을 먹게나."

배가 고팠던 조는 자기 몫의 빵을 맛있게 먹고 차도 마셨습니다.

"만약 난롯가에서 자도 상관없다면 기꺼이 내 집에서 머무르게.
그리고 혹시 내 팔이 나을 때까지 지내도 된다면 내 일도 좀
맡아주게나."

"무슨 일을 하십니까?" 조가 물었습니다.

"나는 왕실 숲의 나무꾼이라네."

"제가 그 일을 할 수 있을지 어떻게 아십니까?"

"아까 나를 구해줄 때 자네가 도끼 다루는 솜씨를 보지 않았던가. 분명히 잘할 거라 믿네. 다만 내일 아침 왕께 나아가, 자네가 나 대신 일한다고 말씀은 드려야겠지."

4

조는 벽난로 앞 깔개에서 푹 자고 아침 일찍 일어났습니다. 노인과 동물들을 보살피고 오두막 청소까지 마치고는 왕의 궁전으로 가는 길을 물었습니다. 노인은 북쪽으로 3마일쯤 걸어가면 도시의 심장부에 궁전이 있다고 알려주면서, 손잡이에 왕관 문양이 인두로 새겨진 왕실 도끼를 가져가라고 했습니다. 조의 말을 뒷받침할 증거물이 필요했으니까요.

그렇게 해서 조는 새로운 모험을 시작했습니다. 숲을 1마일 걸었을 때 조그맣게 야옹— 소리가 들려 뒤돌아보니 꿀빛 새끼 고양이가 따라오고 있었습니다. 그는 오두막으로 돌아가는 대신 그 귀여운 녀석을 품에 넣고 계속 길을 따라갔습니다. 2마일을 지날 때쯤 숲 밖으로 나왔고, 3마일이 끝나는 곳에서 조는 자기 나라의 수도를 처음으로 보았습니다. 가까이 다가갈수록 나타나는 수많은 집과 가게와 교회, 사원, 둥근 지붕과 작은 탑, 첨탑, 풍향계…. 조에겐 그 광경이 무척 놀라웠습니다.

마침 도시는 소동이 일어난 것처럼 난리법석이었습니다. 거리는 사람들로 가득했는데 다들 뛰어다니거나 몸을 구부려 무엇인가를 찾는 듯했습니다. 구석구석 건물 틈새와 하수구 창살 안쪽까지 들여다보는 것 같았지요. 조가 성문에 이르자 키다리 경비병이 가로막으며 물었습니다.

"무슨 일로 왔느냐?"

"그게 중요합니까?"

조가 되묻자 경비병이 말했습니다.

"전혀 중요하지 않지. 어떤 이유로든 아무도 들여보내지 말고 내보내지 말라는 엄중한 명령을 받았으니까."

"아, 그렇군요."

조는 그게 도시의 방식인가 보다 생각했습니다. 숲은 원하는 대로 들어가기도 하고 나오기도 하는데 말입니다. 조가 돌아서는 순간 경비병이 그의 어깨를 붙잡더니 소리쳤습니다.

"어떻게 네가 왕실 도끼를 갖고 있지?"

조가 사연을 간결히 들려주자 경비병은 성문을 열었습니다.

"너의 일은 곧 왕의 일이니 너는 반드시 들어가야 해. 혹시 누가 물어보거든 그 도끼를 보여주어라. 통행증이나 마찬가지니까."

하지만 그가 무슨 일로 왔는지 묻는 사람은 아무도 없었습니다. 다들 여기저기 살피고 들여다보느라 다른 일에 관심을 가질 여유가 없었거든요. 궁전은 아예 혼란 그 자체여서 귀족 부인들과 하녀들이 사방으로 뛰어다니며 절망적으로 두 손을 꼭 쥐고 있었지요.

덕분에 조는 남의 눈에 띄지 않고 정원과 복도를 지나 왕의 알현실에 이르렀습니다. 그곳엔 다른 이는 보이지 않고, 오직 사랑스러운 소녀만이 혼자 울고 있었습니다. 레몬 빛깔 머리카락에 새하얀 드레스를 입은 소녀는 조의 강아지를 떠오르게 했습니다. 조는 소녀가 슬퍼하는 모습을 가만히 보고만 있을 수 없어서 가까이 다가가 말했습니다.

"어디 다친 데가 있으면 보여줘. 어쩌면 내가 고칠 수 있을지도 모르니까."

소녀는 흐느낌을 애써 참으며 겨우 대답했습니다.

"너무나 큰 상처야."

"어디를 다쳤는데?"

조가 물었습니다.

"내 마음을."

소녀가 대답했습니다.

"그건 어려운 곳인데."

조는 고민하다 다시 물었습니다.

"어쩌다 다쳤어?"

"새끼 고양이를 잃어버렸거든."

소녀는 그렇게 대답하고 다시 울기 시작했습니다. 조는 잠시 생각하더니 말했습니다.

"대신 내 고양이를 줄게."

"내 새끼 고양이가 아니면 안 돼."

"어젯밤 숲속에서 주웠는데 아주 예쁜 아이야. 떡갈나무꽃처럼 생긴 무늬가 있고, 눈동자는 꿀처럼 금빛이거든."

조는 품에서 새끼 고양이를 꺼냈습니다.

"내 고양이잖아!"

소녀가 외쳤습니다. 소녀는 울음을 그치고 조의 손에서 작고 보드라운 금빛 솜털을 받아들더니 몇 번이고 입을 맞췄습니다. 그리고 어디론가 달려가 금빛 사슬을 잡아당겨, 홀 천장 한가운데 매달린 황금 종을 울렸습니다. 알현실은 금세 몰려온 사람들로 가득 찼습니다. 주방 심부름꾼 아이부터 이 나라 왕까지, 다들 무슨 일이 일어났는지 보려고 달려온 겁니다. 그 종은 매우 중요한 일이 있을 때만 울리기 때문이지요.

공주는 (그렇습니다. 공주가 아니면 누구겠어요?) 모두가 볼 수 있도록 새끼 고양이를 높이 들어 올리고 큰 소리로 알렸습니다.

"이 사람이 내 귀여운 고양이를 찾아주었어요!"

기쁜 소식은 순식간에 넘쳐흘러 알현실에서 정원으로, 정원에서 거리로 들불처럼 번져 나갔습니다. 5분이 지나자 모두들 자기 일터로 평화롭게 돌아갔고 성문도 다시 활짝 열렸지요. 왕은 조 졸리에게 보상으로 무엇을 가지고 싶으냐고 물었습니다.

조는 공주를 갖고 싶다고 너무나 말하고 싶었습니다. 공주는 조의 레몬 빛깔 강아지와 무척 잘 어울릴 것 같았고 머리카락도 강아지 귀와 색깔이 똑같은 데다, 부드러운 갈색 눈동자는 어미 개 스패니얼이 조를 바라볼 때처럼 녹아버릴 듯 다정했거든요.

하지만 물론 그렇게 말할 수는 없었습니다. 있을 수 없는
일이니까요. 그래서 조는 이렇게 대답했습니다.

"왕실 나무꾼 일을 하고 싶습니다. 그분이 다시 건강해질
때까지요."

"네 평생 그런 일은 일어나지 않을 거다."

하고 왕은 말했습니다.

그 발언은 조를 몹시 혼란스럽게 만들었습니다. 마치 퍼즐처럼
들렸지만, 조심스러워서 무슨 뜻이냐고 물어보지는 못했습니다.
원래 왕이란 마음 내키는 대로 수수께끼처럼 말해도 괜찮은가
보다 생각할 뿐이었지요. 왕은 다시 말했습니다.

"왕가의 도끼를 갖고 있구나. 짐에게 달라. 그리고 내 앞에 무릎
꿇고 고개를 숙이거라."

뭐가 어떻게 돌아가든 조는 왕이 그의 목이나 베지 않았으면
좋겠다고 생각했습니다. 명령에 따라 무릎을 꿇으니 어깨뼈
사이로 도끼머리가 닿는 것이 느껴졌습니다.

"일어서거라, 왕실 나무꾼이여!"

왕이 명령했습니다.

"이제부터 한 달에 한 번 산지기의 거처를 찾아가 지시를 받아라.
또한 매일 아침 네가 가장 먼저 할 일은, 숲에서 가장 좋은 땔감을
마련해 공주의 방으로 보내는 것임을 명심하도록."

그 어떤 명령도 조를 더 기쁘게 할 수는 없었을 겁니다. 조는
싱긋 미소 지으며 공주를 향해 정중히, 그의 앞머리를 잡아당겨

내리며 인사했습니다. 공주는 새침하게 고개를 돌리더니 새끼 고양이에게 코를 파묻고 귓가에 뭐라고 속삭였습니다. 조는 왕을 향해서도 정중히 앞머리를 잡아당겨 인사하고, 왔던 길을 되돌아갔습니다.

숲의 오두막은 조가 떠날 때 모습 그대로였습니다.

"그래, 어땠느냐?"

노인이 묻자 조가 대답했습니다.

"아주 잘 됐어요. 그 새끼 고양이는 공주의 고양이었어요. 결과적으로 왕께서 어르신이 건강해질 때까지 제가 왕실 나무꾼 일을 해도 좋다고 했습니다."

"그렇게 말씀하셨다고?"

노인은 묘한 웃음을 지으며 물었습니다.

"제가 듣기로는 그랬습니다."

"그럼 그렇다고 해두자. 당분간 우리가 함께 지내게 됐으니 나를 아버지라고 불러주겠나? 한때 내게도 착한 아들놈이 하나 있었지. 오랜만에 그 소리가 듣고 싶구나."

5

아버지는 뜻밖에도 좀처럼 회복하지 못했습니다. 달이 가고 또 달이 가도 부러진 팔이 아물지 않는 데다 그 사고로 꽤 충격을 받았는지 온종일 침대에 누워 있었습니다. 번번이 내일이면 아버지가 좀 더 나아지겠지 생각하면서, 조는 벽난롯가 바닥에서 자는 일에 익숙해졌습니다.

어느새 일 년이 흘렀습니다. 레몬 빛깔 강아지는 이제 제 어미만큼 아름다운 개로 자랐지만 조는 여전히 꼬마 강아지로 생각했습니다. 어미 개랑 구분하려면 그편이 나았으니까요. 늙은 개는 하루 대부분 벽난로 앞이나 오두막 바깥에 햇살 좋은 곳에서 쉬었습니다. 하지만 레몬 빛깔 강아지는 날마다 조의 일터를 따라다니며 그에게 기쁨과 즐거움을 주었습니다.

조는 왕실 나무꾼으로 임명된 날부터 줄곧 숲속에 살면서 도시 쪽으로는 전혀 나가지 않았습니다. 매달 첫날 아침, 숲 가장자리 산지기의 거처인 산장에 가는 게 전부였습니다.

조가 들를 때마다 산지기는 궁전에서 놀러 온 예쁜 시녀와 잡담을 나누고 있었습니다. 시녀의 이름은 베티였는데, 하루 일을 시작하기 전 아침 이슬을 밟으며 산책하기를 좋아하는 모양이었습니다. 베티가 가고 나면 산지기는 조에게 한 달 동안 해야 할 일을 지시했지요.

조는 어디서 나무를 베든, 공주의 방을 덥힐 좋은 땔감을 마련해 특별한 나뭇단을 만들었습니다. 온종일 벤 나무들 중에서 가장 향기로운 나무로 장작을 패고, 계절마다 다른 꽃다발로 줄기를 만들어 묶었습니다. 봄에는 앵초꽃과 제비꽃을, 여름에는 블루벨꽃과 들장미와 인동덩굴을 엮었습니다. 가을에는 곱게 물든 나뭇잎과 베리 열매로 꾸미고, 추운 겨울에는 바꽃을 찾아 나뭇단을 아름답게 엮었지요.

조가 열아홉 살 생일을 맞은 6월 1일, 늘 그랬듯 산장을 찾아간 그는 비단 줄무늬 드레스를 입고 평소보다 더 수다스럽게 재잘대는 베티를 발견했습니다.

"그래요! 일이 그렇게 된 거라고요! 그분께서 갖고 싶어 하는 게 있는데 입을 꼭 다물고 계시니 아무도 그게 뭔지 몰라요. 그분은 어떤 때는 멍해 있다가 어떤 때는 노래를 부르고, 또 금세 우울해하다가 다시 생글생글 웃는데 사계절만큼이나 변덕스러우셔요. 그분의 아버지께도 말을 안 하고 어머니께도 말을 안 하고 유모한테도, 심지어 저한테도! 말을 안 해요! 의사는 그분이 원하시는 게 뭔지 몰라도 그걸 빨리 얻지 못하면 시름시름 앓다가 죽을지도 모른다고 했다니까요?"

"그래서 결국 어떻게 해야 하는데?"

산지기가 물었습니다.

"아, 어떻게 하긴요. 폐하께서는 누구든 공주님의 속마음을 알아내서 원하는 것을 준다면, 그 어떤 소원이든 들어주겠다고 선포하셨어요. 뭐든 말이죠! 이달 마지막 날 궁전에서 의회를 열어 누구나 의견을 내도록 할 계획이고 또… 어머나! 여덟 시 종이 울리네? 계속 여기 붙잡혀서 떠들고 있다간 분명 쫓겨나고 말 거예요!"

산지기는 얼른 베티를 붙잡아 키스했고, 베티는 산지기의 귀싸대기를 갈겨주고는 부리나케 산장을 뛰쳐나갔습니다.

산지기는 껄껄 웃으며 말했습니다.

"참 엄청난 아가씨야!"

그는 조를 돌아보며 이달에 해야 할 일을 알려주었습니다.

조는 머릿속에 일거리가 가득 찼어도, 마음 한구석엔 공주가 가엾다는 생각이 자꾸 맴돌았습니다. 그래서 레몬 빛깔 강아지가 사라진 걸 알아채지 못했지요. 평소처럼 주위를 뛰어다니지도 않고, 조가 휘파람을 불어도 나타나지 않았습니다. 주인을 사랑하는 개는 주인이 휘파람을 불 때마다 쏜살같이 달려오니까, 레몬 빛깔 강아지는 그때 어디론가 멀리 가 있었던 게 분명했습니다. 해 질 무렵 강아지는 몹시 신이 나서 돌아왔는데 저녁밥에는 입도 대지 않았습니다. 강아지가 여느 때보다 명랑하게 까불거리지 않았더라면 조는 분명 걱정했을 거예요.

그날 밤 사그라드는 벽난로 불 앞에서 깔개에 누워 조는 이상한 꿈을 꾸었습니다. 마치 반쯤 잠들었고 반쯤 깨어 있을 때 꾸는, 그래서 꿈인지 현실인지 모호하게 느껴지는 그런 꿈 말입니다. 조는 레몬 빛깔 강아지가 어미 개와 코를 맞대고 있는 모습을 보았습니다. 어미 개는 부드러운 앞발 사이로 마룻바닥에 머리를 대고 누웠다가, 아름다운 갈색 눈을 한쪽만 뜨고서 자기 아이를 바라보았습니다. 꿈속에서 조는 개들이 서로의 생각을 전하는 것을, 소리가 없어도 마치 들리는 것처럼 느꼈습니다. 어미 개가 물었지요.

'무슨 일이니, 아들아. 입맛이 없나보구나.'

'아니에요, 엄마! 오늘 잔뜩 배부를 만큼 먹었어요.'

'어디서 말이냐?'

'궁전 안뜰에서요.'

'궁전 안뜰에서 뭘 하고 있었길래?'

'내 친구를 만났어요.'

'어떤 친구?'

'고양이요.'

'창피한 줄 알아라!'

'아니에요, 엄마! 나랑 젖을 같이 먹었던 아이 말예요.'

'아, 그 고양이!'

'네, 공주님의 고양이요.'

'그 애는 지금 어떻더냐?'

'꿀 같은 금빛이에요.'

'그 애가 뭔가를 내뱉지 않았니?'

'네, 비밀을 뱉었어요.'

'무슨 비밀?'

'공주님이 생각하고 있는 것을요.'

'그 애가 그걸 어떻게 알고서?'

'공주님이 목에다 끌어안고 귀에다 속삭였대요.'

'누구 목에 누구 귀라고?'

'목은 공주님 목이고, 귀는 고양이 귀요.'

'그래서 공주님은 무슨 생각을 하고 있다던?'

'지금쯤 사랑의 편지를 받을 때가 되었다고 생각한대요.'

'오, 그렇구나.'

어미 개 스패니얼은 그렇게 말하고 곧 잠이 들었습니다. 꿈은 거기서 끝났으니 조도 함께 깊은 잠에 빠졌던 게 틀림없습니다. 하지만 아침에 눈을 뜨자 조는 꿈을 기억해냈고 너무나 생생해서 곤혹스러웠습니다. 정말 한낱 꿈이었을까요? 조의 눈동자에 혼란스러움이 가득한 것을 보고, 아버지는 침대에 누운 채 물었습니다.

"무엇 때문에 괴로워하는 거냐?"

"꿈을 꿨어요. 그 꿈대로 해야 할지 말아야 할지 잘 모르겠습니다."

조가 말했습니다.

"꿈대로 하면 좋은 일이 있니?"

"괴로워하는 소녀를 구할 수 있을지도요."

"그럼 꿈대로 해서 나빠질 일은?"

"그건 제가 알 수 없을 것 같아요."

"그렇다면 꿈대로 하려무나."

아버지가 말했습니다.

그래서 조는 아침에 일하러 가기 전에, 앉아서 연애편지를 썼습니다. 글쓰기에 별로 소질이 없어 길게 쓰진 못하고 그저 가장 말하고 싶은 요점만 적었지요. 이렇게 말입니다.

> 내 사랑!
> 당신을 사랑합니다. 당신은 내 강아지처럼 사랑스럽기에.
>
> 조 졸리

편지를 접으면서 보니 글씨는 삐뚤삐뚤하고 잉크도 번져 있었지만, 충분히 읽을 수는 있었습니다. 연애편지에서 내용 다음으로 중요한 건 그걸 알아볼 수 있느냐 없느냐 하는 문제니까요. 조는 뿌듯해하며 편지를 들고 일하러 갔고, 공주의 나뭇단을 묶을 때 분홍빛 패랭이꽃다발 속에 편지를 끼워 넣었습니다. 그 뒤로 더 이상 그 일에 관해서는 생각하지 않았지요. 한 달이 지난 7월 1일, 산장에 갔다가 베티 말을 듣기 전까지는 말입니다.

"그래서 잘 마무리된 거예요, 다행히도! 어제 의회에 사람들이 모여 그분이 무엇을 원하는지 알아맞히려고 했을 때, 공주님은 환하게 웃음을 터뜨리며 말씀하셨다니까요? '짐작하려고 애쓸 필요 없어요. 난 원하는 걸 얻었으니까!' 그치만 그게 뭐였는지는 절대 알려주지 않으셨죠. 하긴 이제 공주님은 종달새처럼 즐거워하고 의사도 더 부를 필요가 없으니 상관없지만 말예요."

6

또다시 평화로운 한 해가 부족함 없이 지나갔습니다. 일은
좋았고 개들은 잘 자라고, 오두막은 아늑하고 먹을 것도
충분했습니다. 하지만 아버지는 아직도 앓아누운 채였고, 조는
여전히 마룻바닥에서 잠을 잤지요.

조의 스무 번째 생일인 6월 1일 아침이었습니다. 졸졸 따라오는
강아지와 함께 그는 숲을 지나 산지기 거처에 갔다가 베티를
보았습니다. 나뭇잎 사이 새들이 지저귀고 풀꽃이 이슬을 머금은
이른 아침이니, 산책하기에 참 즐거운 시간이었을 거라고 조는
생각했습니다. 하지만 새로운 소식을 재잘대는 베티는 평소처럼
즐거워 보이지 않았습니다.

"그래요!"

베티가 말했습니다.

"또 이렇게 됐어요, 일 년 전이랑 똑같이요. 모든 게 되풀이되고,
그분은 이번에도 아무것도 안 가르쳐줘요. 간절히 바라는 게 있긴
한데 정말이지 그걸 누가 알겠어요! 그분의 아버지가 물어보고
어머니가 물어보고 유모가 물어보고, 심지어 나도 물어봤다고요!
날마다 의사가 와서 약을 바꿔봤지만 아무 소용 없었어요. 원하는
걸 빨리 얻지 못하면 결국 애가 타서 죽고 말 거래요. 그래서
이달 마지막 날 의회를 열어 그분이 원하는 게 뭔지 알아맞혀
본다는군요. 자기 입으로는 절대 말하지 않을 거니까요. 공주님이

원하는 걸 주는 사람에겐 어떤 소원이든 다 들어줄 거래요.
그리고… 세상에 산지기 씨, 여덟 시 종이 울리잖아요! 공주님한테
초콜릿 갖다드릴 시간인데 계속 날 떠들게 내버려두다니,
너무해요!"

산지기가 서둘러 뛰어가는 베티를 얼른 붙잡고 진한 키스를
하자, 베티는 산지기의 얼굴을 냅다 후려치고 가버렸습니다.
산지기는 그저 고개를 설레설레 저으며 말했습니다.

"참 굉장한 아가씨야!"

조는 산지기한테서 할 일들을 듣고 돌아왔지만 마음속은
괴로웠습니다. 혹시 공주가 두 번째 연애편지를 원한다면, 먼젓번
썼던 말 말고 뭐라고 더 적어야 할지 생각해낼 수 없었습니다.
첫 번째 편지는 분명 효과가 떨어진 모양이었습니다. 조는 너무
고민이 된 나머지 이번에도 레몬 빛깔 강아지가 없어진 걸
눈치채지 못했지요. 한참 뒤 돌아온 강아지는 빙글빙글 돌다
짖어대고, 펄쩍 뛰다가 꼬리를 신나게 흔들며 매달렸습니다.
조는 도끼를 내려놓고 강아지와 한동안 놀아주면서 마음을
가라앉혔습니다.

그날 밤 강아지가 저녁밥에 입도 대지 않자 조는 언젠가…
정확히 열두 달 전에도 이런 일이 있었다는 걸 떠올렸습니다.
그 기억이 강렬했던 탓인지, 조는 벽난롯가 깔개에 누워 잠들 때
또다시 어미 개와 강아지가 이야기하는 꿈을 꾸었습니다.

'무슨 일이냐, 얘야. 뼈다귀를 갉아 먹지 않다니. 어디가 아픈 거니?'

'아니에요, 엄마! 왕실의 고기를 실컷 먹어서 그래요.'

'왕실의 고기가 어디서 나서?'

'궁전 부엌에서요.'

'궁전 부엌에서 뭘 했길래?'

'친구를 찾아갔었어요.'

'아니, 어떤 친구?'

'고양이요.'

'차라리 강물에 빠져 죽으렴!'

'왜요, 엄마? 엄마가 젖을 먹였던 그 애였다고요.'

'아, 그 고양이! 지금은 잘 자랐던?'

'꿀처럼 금빛이에요.'

'분명 뭔가를 뱉었을 거다.'

'네, 비밀을 뱉었어요.'

'여전히 공주님이 생각하고 있는 거니?'

'여전히요. 공주님은 아무한테도 말하지 않고 그 애한테만 말해줬대요.'

'그래, 이번엔 무슨 생각을 하고 계신다던?'

'반지를 받을 때가 됐다고 생각하신대요.'

'오, 그렇구나.'

어미 개 스패니얼은 그렇게 대답하고 귀로 눈을 덮은 채
잠들었습니다. 조의 꿈도 사라졌지요. 하지만 아침이 되자 지난밤

꿈이 실제로 있었던 일처럼 생생하게 되살아났습니다. '어쩌면 정말 현실이었는지도 몰라.' 조는 혼란스러웠습니다. 아버지가 침대에 누워 물었습니다.

"뭐가 문제인 게냐?"

"간밤에 이상한 꿈을 꾸었어요. 그대로 해야 할지 말아야 할지 모르겠네요."

"꿈대로 하면 어떻게 되니?"

"한 소녀의 목숨을 살릴 수 있을지도요."

"하지 않는다면?"

"죽을지도 모릅니다."

그러자 아버지가 말했습니다.

"그럼 꿈대로 해야지."

그래서 조는 그날 공주의 나뭇단을 묶을 때 어머니의 구리 결혼반지를 들장미꽃다발 줄기에 끼웠습니다. 그가 할 수 있는 건 다 했으니, 그 일은 머릿속에서 지워버렸지요. 한 달 뒤 베티가 산장 문간에서 재잘대기 전까지는 말입니다.

"그래요, 흐린 날도 언젠간 먹구름이 걷히기 마련이고 우유도 오래오래 휘저어야 버터가 나오는 법이죠. 어제 의회에서 누가 입을 열기도 전에 공주님은 어린아이처럼 행복하게 웃음을 터뜨리더니 말했어요. '괜히 알아맞히느라 애쓰지 마세요. 난 갖고 싶은 걸 얻었으니까요!' 그게 전부였답니다. 어떻게 그럴 수 있었는지 우린 아무것도 몰랐지만, 아무렴 어때요? 이제 의사는 올

필요가 없고 폐하와 왕비께서도 걱정이 사라졌고 공주님은 거리를 돌아다니며 노래 부르시는걸요!"

7

아아… 다시 일 년 뒤 조의 스물한 번째 생일이었습니다. 아침 일찍 조가 산지기 거처에 도착했을 때, 베티는 몹시 비통해하며 또 안타까운 이야기를 들려주었습니다.

"먹지도 않고 주무시지도 않아요! 얼굴은 새하얀 베갯잇처럼 창백하고요! 창가 한구석에서 훌쩍이며 하늘만 멍하니 쳐다보면서 우리가 뭘 권해도 '아냐, 괜찮아' 말하기만 해요. 몇 시간이고 꿀빛 고양이만 끌어안고 있으니 의사는 자기 머리카락을 쥐어뜯고, 그분의 아버지는 괴로워서 어쩔 줄 몰라 하고, 그분의 어머니는 거의 미칠 지경이죠. 유모는 연방 '오, 신이여! 자비를 베푸소서!'라는 말만 되풀이해요. 심지어 나조차 그분이 뭘 원하시는지 모르겠어요. 하지만 한 가지는 분명히 아는데, 공주님이 원하는 걸 당장 얻지 못한다면 그 초록 무덤을 파게 될 거예요. 폐하는 이달 마지막 날 의회를 열라고 명령하고 공주님이 원하는 것을 주는 사람에겐, 보답으로 무슨 소원이든 들어주겠다고 하셨어요. 무슨 소원이든지 다요! 여덟 시, 여덟 시, 여덟 시가 지났잖아! 난 일하러 가야 해요. 수다 좀 그만 떠세요,

산지기 씨!"

황급히 떠나려는 베티를 산지기가 끌어당겨 키스했고, 베티는 산지기의 머리카락을 홱 잡아당기고는 뛰어갔습니다.

"참 멋진 아가씨야!"

산지기는 고개를 끄덕이며 감탄하고는 조에게 해야 할 일을 알려주었습니다.

공주가 초록 무덤에 묻힌다고 생각하니 조는 너무나도 슬퍼서, 레몬 빛깔 강아지가 없어진 것도 깨닫지 못했습니다. 한참 뒤 강아지는 다리 사이로 꼬리를 축 늘어뜨리고 슬그머니 나타났어요. 그가 아무리 달래고 놀아주려 해도 시무룩 기운이 없었습니다. 조 역시 우울했기 때문에 그날은 둘 다 힘없이 집으로 돌아와 저녁밥엔 손도 대지 않았습니다. 조가 벽난롯가에 눕자 모든 것을 지켜보던 아버지가 말했습니다.

"입맛이 없나 보구나."

"네, 어쩐지요."

그리고 조는 불안하고 어수선한 잠 속으로 빠져들었습니다. 어미 개가 아들에게 똑같이 묻는 소리가 들리는 듯했습니다.

'입맛이 없나 보구나, 얘야. 무슨 일이야. 귓병이라도 났니?'

'그런 거랑 비슷해요, 엄마.'

'또 궁전에서 너무 많이 먹은 모양이지.'

'뼈다귀 하나, 고기 한 점 안 먹었어요. 그냥 친구를 만나러 간 거예요.'

'아니, 궁전에 친구가 있어?'

'고양이요.'

'그런 오명을 쓸 짓을 하다니. 나가서 목을 매야겠구나!'

'왜요, 엄마? 우리 꿀빛 고양이라고요.'

'아, 우리 꿀빛 고양이! 그 애는 어떠니?'

'여전히 꿀처럼 금빛이죠.'

'하지만 분명 그 애가 뭔가를 토했을 텐데.'

'네, 비밀을요.'

'누구의 비밀?'

'공주님이요.'

'이번엔 공주님이 뭘 원한다던?'

'공주님은 나를 원해요.'

'너를! 너를 어떻게 알고서 말이냐?'

'꿀빛 고양이가 나를 공주님 방에 데려갔거든요.'

'깍쟁이 같으니! 이제 그 애랑은 인연을 끊어야겠다! 너처럼 개집에 사는 개를 공주의 방으로 데려가다니!'

　　어미 개 스패니얼은 앞발로 눈을 가렸고, 조는 드문드문 이어지는 꿈속에서 더 이상 이야기를 듣지 못했습니다. '정말 꿈이었을까? 아니면 내가 깨어 있었던 걸까?' 아침이 되자 그는 스스로에게 물었습니다. 꿈이든 아니든 이미 조의 가슴에는 커다란 구멍이 뚫렸고 아버지도 그걸 모를 수가 없었습니다.

"무슨 일이냐, 아들아?"

아버지가 물었습니다.

"지난밤 꾼 꿈이 제 마음을 두 갈래로 찢어 놓습니다."

"한쪽 길로 가면 어떻게 되느냐?"

"초록 무덤을 파지 않아도 될 거예요."

"다른 쪽 길로 간다면?"

조는 강아지의 레몬 빛깔 귀를 어루만지며 말했습니다.

"제 마음이 부서지겠죠."

"그럼 네 무덤을 파야 하는 거니?"

"저는 이겨낼 수 있을 거라 생각해요."

그러자 아버지가 말했습니다.

"사는 동안 모두가 그런 일을 겪는단다. 아픔을 이겨내고 계속
살아가는 거지. 하지만 무덤에 묻히면 그걸로 끝나는 게다."

"알겠습니다."

조는 말했습니다.

일하러 가는 길에 조는 휘파람을 불어 강아지를 따라오게
했습니다. 하루 일을 끝낸 뒤 지금까지 그가 만든 것 중에 가장
좋은 나뭇단을 만들고는 거기에 강아지를 묶었습니다. 레몬
빛깔 강아지는 애처로운 눈으로 조를 쳐다보다가 나뭇단을 질질
끌면서, 집으로 돌아가는 조를 따라가려 했습니다. 하지만 조
졸리는 "거기 있어!" 하고 소리치고는 재빨리 숲속을 떠났습니다.

8

조의 인생에서 가장 슬픈 한 달이 흘렀습니다. 아버지와 어미 개를 위해 애써 쾌활하게 지내려 했지만, 아버지는 유난히 말이 없고 어미 개도 새끼를 생각하며 우울해했습니다. 조 역시 가슴이 찢어질 것 같은 기분을 견뎌야만 했지요. 여름이 찾아와 숲이 햇빛으로 넘쳐흐르던 유월의 마지막 날 아버지가 말했습니다.

"조, 사람이 한평생 일만 하며 살 수는 없단다. 하루쯤은 쉬는 날을 가지려무나."

"뭘 하면서 쉬면 좋을까요?"

조가 물었습니다.

"도시 구경이나 가보거라."

그 말을 듣자 도시에 그의 사랑스러운 강아지가 있다는 사실이 떠올랐습니다. 강아지의 갈색 눈동자를 들여다보고 신나게 짖어대는 소리를 다시 듣는다고 생각하니, 마음이 깃털처럼 가벼워졌습니다. 조는 아버지 충고를 따르기로 했습니다. 일은 워낙 손에 익어서 하루치 정도는 미리 해둘 수 있었습니다.

숲 밖으로 나온 조는 거리에 사람들이 구름처럼 모여든 것을 보고 깜짝 놀랐습니다. 마침 의회가 열리는 날이어서, 궁전으로 우르르 몰려가는 사람들 물결에 그도 몸을 맡겼습니다. 오늘은 누구나 궁전에 들어갈 수 있었고, 그렇다면 혹시 그의 강아지를 볼 수 있을지도 몰랐으니까요.

조는 간절한 마음으로 생애 두 번째로 성문을 지나 인파 속에서 알현실로 들어섰습니다. 커다란 방은 사람들로 가득했습니다. 조가 한복판에 끼어 서니 저만치 왕과 왕비의 머리와 병사들이 들고 있는 창끝만 간신히 보였지요. 나팔 소리가 울리고, 전령이 모두 조용히 하라고 외쳤습니다. 소란스러움이 잦아들자 전령은 큰 소리로 말했습니다.

"공주님이 원하는 게 뭔지 아는 사람이 있으면 말하시오!"

하지만 말이 채 끝나기도 전에 공주가 나뭇잎에 비친 햇살처럼 환하게 외쳤습니다.

"그럴 필요 없어요. 난 원하던 것을 가졌으니까요!"

"그게 무엇이냐?"

왕이 물었습니다.

"누가 주었니?"

왕비도 물었습니다.

"그게 무엇인지, 누가 주었는지 말하지 않을 거예요. 다들 가봐도 좋아요."

전령은 나팔을 불어 몰려든 사람들을 돌려보냈습니다.

인파가 흩어진 뒤에도 조는 혼자 우두커니 서서 커다란 두 개의 왕좌를, 왕의 발치에 앉아 있는 공주를, 그 품에 안긴 꿀빛 고양이와 무릎에 기댄 레몬 빛깔 강아지를 바라보았습니다. 갑자기 기쁨에 찬 컹! 소리가 들리더니 강아지가 공중으로 펄쩍 뛰어올라 복도를 내달렸습니다. 반짝이는 앞발을 조의 두 어깨에

엎고 조의 얼굴을 핥으며 가슴이 터질 듯이 낑낑대고 짖었습니다.
조도 강아지를 껴안고 울었습니다. 알현실에 있던 신하들이
웅성웅성 동요했습니다.

"저 개는 뭐지? 저 사람은 누군가? 무슨 일이 일어난 거야?"

공주는 꿀빛 고양이를 안고 일어나 고양이 머리 위로 살짝 조를
바라보더니 눈물이 고인 채 웃었습니다. 이윽고 왕이 물었습니다.

"너는 누구냐?"

"폐하의 왕실 나무꾼입니다."

조가 대답했습니다.

"아! 그래, 기억나는군. 그런데 그 개는 네가 주인인 양 네게
가는구나."

"예전에는 그랬지요."

공주가 말했습니다.

"하지만 이젠 제가 주인이에요. 제가 그 강아지를 갖고 싶어 해서
저 사람이 제게 주었거든요."

"그렇다면 드디어 내가 약속을 지킬 수 있겠군."

왕은 조에게 가까이 오라고 손짓했습니다.

"무엇을 갖고 싶으냐, 나무꾼아. 갖고 싶은 것의 이름을 말하라.
너의 것이 되리라."

공주는 조를 바라보았고, 조도 하얀 드레스를 입은 레몬 빛깔
머리카락 공주를 바라보았습니다. 하지만 그는 가장 갖고 싶은
것의 이름을 입 밖에 내서는 안 된다는 걸 잘 알고 있었습니다.

그래서 그 마음을 밀어내고 이렇게 말했습니다.

"여분의 매트리스가 하나 있었으면 좋겠습니다. 그럼 마룻바닥 대신 그 위에서 잘 수 있겠지요."

"이 나라에서 제일 좋은 매트리스를 갖게 될 것이다."

왕이 말했습니다. 하지만 공주는 재빨리 소리쳤습니다.

"그는 그것 말고도 하나를 더 받아야 해요. 작년에도 제가 갖고 싶어 하던 걸 주었으니까요!"

그러고는 구리로 만든 낡은 반지를 들어 올렸습니다. 왕은 약속을 지키려고 다시 조를 돌아보며 물었습니다.

"또 무엇을 원하느냐?"

조는 레몬 빛깔 강아지를 품에 꼭 안았지만 강아지를 달라고 할 수는 없었습니다. 그러면 또 공주는 애가 타서 죽고 말 테니까요. 조는 그 마음을 떨쳐내고 말했습니다.

"이곳으로 올 때 전에 살던 고향 집에 아버지의 낡은 의자를 두고 왔습니다. 밤에 그 의자에 앉아 쉬고 싶습니다. 다른 사람에게 폐가 되지 않는다면요."

왕은 인자하게 웃으며 말했습니다.

"오늘 밤이 되기 전에 그 의자를 네게
가져다주겠다. 그리고 그 의자가 있던
곳에는 이 나라에서 가장 좋은
의자를 남겨두겠노라."

왕은 청중을 향해 이제
끝났으니 물러가라는 손짓을
했지만, 공주는 아까보다 더
다급하게 외쳤습니다.

"아닙니다, 아버지! 그는
세 번째 소원도 말해야
해요. 재작년에도 제게 이걸
주었으니까요."

공주는 품속에서 낡고 잉크
얼룩이 번진, 이전보다 더 너덜너덜 바랜 편지를 꺼냈습니다.
왕은 재미있다는 듯이 편지를 건네받아 펼치고는 온 궁전에 다
들리도록 큰 소리로 읽었습니다.

내 사랑!

당신을 사랑합니다. 당신은 내 강아지처럼 사랑스럽기에.

조 졸리

공주는 그만 꿀빛 고양이 털 속에 얼굴을 폭 파묻었습니다.

"네가 조 졸리냐?"

왕이 물었습니다.

"네, 그렇습니다."

조가 대답했습니다.

"네가 이걸 썼느냐?"

"네, 그렇습니다."

"그래, 이 글이 진실이냐?"

조는 하얀 드레스를 입은 레몬 빛깔 머리카락 공주를 바라보았습니다. 그러고는 세 번째로 대답했습니다.

"네, 그렇습니다."

"그렇다면 너는 이 세상에서 가장 원하는 것을 청해야만 한다."

왕이 말했습니다.

조는 한참 동안 레몬 빛깔 강아지를 바라보다가 그 두 눈 사이에 힘껏 입을 맞췄습니다. 그리고 시선을 공주에게 향했지만, 공주는 살짝 뺨을 돌려 외면했지요. 조는 뭔가 말을 해야만 했고 마침내 천천히 입을 열었습니다.

"제 강아지를 데려갈 수는 없으니 꿀빛 고양이를 갖겠습니다."

"아! 나만 남겨놓고 내 고양이만 가져갈 순 없어요!"

공주가 재빨리 소리쳤습니다.

"공주님이야말로 저를 빼고 제 강아지만 가질 수는 없습니다!"

조도 지지 않고 빠르게 대꾸했습니다.

"알겠도다! 그걸로 됐다."

왕이 말했습니다.

"그럼 이렇게 하거라. 일 년의 절반은 나무꾼 오두막에서 살고, 나머지 절반은 궁전에서 살도록 해라. 너희가 어디서 지내든 개와 고양이는 반드시 너희와 함께 있어야 한다."

그날 저녁, 조 졸리는 그의 신부를 데리고 숲의 오두막으로 돌아왔습니다. 꿀빛 고양이는 신부의 품속에서 가르랑거리고, 레몬 빛깔 강아지는 두 사람 주위를 명랑한 방해꾼처럼 행복하게 맴돌았습니다. 벽난로에는 장작불이 밝게 타오르고 식탁에는 저녁 식사가 차려져 있었습니다. 침대에는 푹신한 매트리스가 깔렸고 난롯가엔 돌아가신 아버지의 의자가 놓여 있었지요.

하지만 어미 개는 어디론가 사라졌고, 아버지도 보이지 않았습니다. 조가 수소문해보니 늙은 왕실 나무꾼은 조가 이 숲에 오기 한 달 전 세상을 떠났으며, 그 자리는 적당한 사람이 나타날 때까지 계속 비어 있었다고 합니다.

---

1 **클럼버 스패니얼** 부드러운 레몬색과 흰색 털이 섞인 견종. 스패니얼 중에서 가장 덩치가 크며, 영리하고 활발해 어린이나 다른 개들과도 빨리 친해진다고 한다. 영국에서 특히 사랑받았고 새 사냥에도 동원되었다.
2 **야드** 길이를 재는 단위로 1야드는 약 91.44cm

모란앵무

THE LOVEBIRDS

큰길이 끝나는 곳에 학교가 있었습니다. 그 오른쪽 길모퉁이엔
집시 할머니 다이나가 모란앵무 한 쌍이 든 새장을 지키고
앉아 있고, 왼쪽 길모퉁이엔 구두끈을 파는 수잔 브라운이 앉아
있었습니다. 수잔은 자기가 아홉 살쯤 되었다고 생각했지만 사실
정확히는 몰랐습니다. 다이나 할머니는 너무 나이가 많아서
자신이 몇 살인지 오래전에 잊어버렸고 말예요.

　매일 낮 12시 30분에 학교가 끝나면 아이들이 교문을 뛰쳐나와
집으로 향했습니다. 그러면 수잔 브라운은 점심때가 된 걸
깨닫고는 빵 한 조각에 물 한 모금을 마시며, 소녀들의 머리 리본과
소년들이 신은 구멍 나지 않은 구두를 부러워했습니다. 구두끈은
자주 엉키고 끊어졌지만, 수잔 브라운은 그들이 수잔에게 동전을
건네며 새 끈을 살 거라고 전혀 기대하지 않았습니다. 어머니들이
가게에서 새 구두끈을 사다 주니까 소년들은 동전을 다른 곳에

쓰고 싶어 했습니다. 팽이와 눈깔사탕 1온스[1], 풍선을 사는
데다가요. 소녀들은 구슬과 서양배 모양 사탕, 제비꽃 한 다발을
사길 좋아했고요. 그래도 날마다 아이들 한두 명쯤은 다이나
할머니 모란앵무 새장 앞에 멈춰 서서, 1페니[2] 동전을 건네며
말하곤 했습니다.

"제 운명을 점쳐주세요."

　모란앵무는 정말 멋진 새들이었습니다. 부드러운 풀빛 몸에
길고 파란 꽁지깃이 달려 모습도 아름답지만, 진짜 근사한 일은
새들이 1페니로 운명을 물어다 주었다는 것입니다. 누구도 그보다
더 싼값에 운명을 살 수는 없었을 거예요.

　아이들이 동전 한 닢으로 운명을 사러 올 때마다 다이나
할머니는 말했습니다.

　"새장 속에 손가락을 넣으려무나, 아가야."

　아이가 새장 속에 손가락을 넣으면 모란앵무 한 마리가
손가락 위로 깡충 뛰어올랐습니다. 다이나 할머니는 날개를
퍼덕이는 새를 밖으로 꺼내고는 새장 문에 걸어 둔 운명이 적힌
종이 꾸러미를 새 앞에 내밀었지요. 분홍, 초록, 보라, 파랑, 노랑
쪽지들이 가득 접힌 꾸러미였습니다. 아름다운 모란앵무가
구부러진 부리로 운명의 쪽지를 하나 물어 올리면, 아이는 그걸
받아 갔습니다.

　도대체 모란앵무는 어떻게 그 운명이 그 아이의 것인 줄

알았을까요? 마리온, 시릴, 헬렌, 휴에게 꼭 맞는 운명을 말입니다. 아이들은 머리를 맞대고 조그만 색종이를 들여다보며 궁금해했습니다.

"네 운명은 뭐야, 마리온?"

"나는 귀족과 결혼할 운명이래. 보라색이야. 네 운명은 뭔데, 시릴?"

"초록색이야. 나는 멀리 여행을 떠나게 된대. 넌 어때, 헬렌?"

"난 노란색 운명을 받았어. 아이가 일곱 명이나 생길 거래. 네 운명은 뭐야, 휴?"

"난 무슨 일을 하든 성공할 거래. 파란색이야."

휴가 말했습니다. 그리고 아이들은 점심을 먹으러 집으로 뛰어갔지요.

수잔 브라운은 왼쪽 길모퉁이에 앉아 그들의 이야기에 귀를 기울였습니다. 운명을 가지다니 얼마나 아름다운 일인가요! 수잔에게도 마음 편히 써도 될 1페니가 있다면……. 하지만 수잔 브라운은 운명을 갖는 데 쓸 동전만이 아니라, 먹을 것과 다른 걸 살 만한 동전도 없는 때가 많았습니다.

그러던 어느 날이었어요.

아이들이 모두 돌아가고 다이나 할머니가 햇볕 아래 꾸벅꾸벅 졸고 있을 때, 뭔가 사랑스러운 일이 일어났습니다. 우연히 모란앵무 새장 문이 살짝 열려서 새 한 마리가 빠져나온 거예요.

다이나 할머니는 졸고 있어서 보지 못했지만, 수잔은 분명히
보았습니다. 작은 풀빛 새가 횃대에서 폴짝 뛰어내리더니 날개를
퍼덕이며 땅에 내려앉는 모습을요. 모란앵무는 길가 연석을 종종
따라갔습니다. 문득 수잔은 저쪽 시궁창에 웅크린 마른 고양이를
발견하고 가슴이 철렁했어요. 고양이가 점프하기 전에 수잔은
벌떡 일어나 길을 가로질러 뛰어가며 소리쳤습니다.

"훠이, 저리 가!"

고양이는 마치 다른 생각을 하고 있었다는 듯이 나른히 몸을
돌려 가버렸습니다. 수잔이 손을 내밀자 모란앵무는 손가락 위로
깡충 뛰어올랐습니다. 손가락에 앉은 모란 앵무라니, 여름날
꿈처럼 두근두근 설레는 일이었지요. 수잔 브라운의 인생에서
가장 사랑스러운 순간이었고요.

그런데 그게 끝이 아니었습니다. 수잔이 새장 문 앞에 이르렀을
때, 모란앵무는 부리를 내밀더니 꾸러미에서 분홍 장밋빛 운명을
물어다 수잔에게 주었습니다. 믿어지지 않았지만 정말이었습니다.
수잔은 모란앵무를 새장 속에 넣어주고, 손에 운명을 꼭 쥔 채 자기
길모퉁이로 돌아갔습니다.

세월이 흘러 마리온과 시릴과 헬렌과 휴는 더 이상 학교를
다니지 않는 어른이 되었습니다. 벌써 한참 전에 운명의 쪽지를
잃어버린 데다 그 기억도 잊었습니다. 마리온은 젊은 약사와
결혼했고 시릴은 종일 사무실에 앉아 일했습니다. 헬렌은 평생

결혼하지 않았고 휴는 아무 직업도 갖지 않았지요.

　오직 수잔 브라운만이 자기 운명을 한평생 간직했습니다. 낮에는 주머니에 넣어 다녔고, 밤에는 베개 아래 놓고 잠들었습니다. 그 분홍색 쪽지에 무엇이 적혀 있었는지는 몰랐습니다. 수잔은 글을 읽을 수 없었거든요. 그래도 그건 소중한 장밋빛 운명이었습니다. 동전 한 닢으로 산 것이 아니라 모란앵무가 그녀에게 선물처럼 가져다준 운명이었으니까요.

1　**온스** 고체의 무게 또는 액체의 부피를 재는 단위. 1온스는 약 30그램.
2　**페니** 영국과 몇몇 영어권에서 쓰는 가장 작은 화폐 단위. 동전 하나가 1페니이며, 두 개부터는 펜스가 된다.

왕과 보리밭

THE KING AND THE CORN'

내가 어느 마을에서 만났던 한 소년이 들려준 이야기입니다.
좀 모자란 듯 태평해 보이는 소년이었지만 어딘가 다른 느낌이
있었지요. 소년은 학교 교장의 아들이었는데 어릴 때는 신동이라
생각될 만큼 조숙한 애어른이었다고 합니다. 모든 걸 할 수 있거나,
차라리 아무것도 하지 않을 것 같은 그런 애어른 말입니다.

　소년 윌리의 아버지는 '모든 걸 할 수 있는' 쪽에 희망을 품고,
아들이 온종일 책 속에 파묻혀 살도록 강요했습니다. 하지만
윌리가 열 살이 되자 그 희망을 접어야 했지요. 똑똑하던 머리는
아둔해지고, 이제 다 끝났구나 싶게 멍해졌으니까요.

　글쎄요, 윌리는 정말 바보가 된 걸까요? 소년은 들판에
앉아 까닭도 없이 빙그레 웃기만 할 뿐 좀처럼 말이 없었지만,
어쩌다 말문이 열리면 잠시도 멈추지 않고 이야기했습니다.
마치 고장 난 줄 알았던 오르골을 우연히 툭 건드렸더니 음악이
계속 흘러나오는 것처럼요. 그러다가도 아무렇지 않게 입을

다물어버려서, 마을 사람들은 '태평한 월리'를 어떻게 건드려야 이야기를 시작하는지 전혀 알 수가 없었습니다.

월리는 다시는 책에 관심을 가지지 않았습니다. 가끔 아버지가 한때 아들의 기쁨이었던 책을 그의 눈앞에 놓아두면, 월리는 낡은 기록을 대하듯 흘끗 쳐다보고는 어슬렁거리며 거리로 나가 신문을 집어 왔습니다. 대개는 신문도 금방 손에서 놓아버렸는데, 때로는 한 시간이 넘도록 어느 한 대목을 골똘히 들여다보기도 했습니다. 그의 마음을 사로잡은 글은 대부분 하찮고 시시한 것들이었지요.

월리의 아버지는 마을 사람들이 아들에게 지어준 '태평한 월리'란 별명을 무척 싫어했습니다. 그래도 사람들은 애정을 담아 그 별명을 불렀고, 마을에 손님이 오면 자랑스럽게 월리를 소개했습니다. 월리는 무척 잘생겨서 부드러운 황갈색 머리카락에 금모래 같은 주근깨가 박힌 뽀얀 피부, 소년다운 장난기가 넘치는 순수한 푸른 눈을 지녔습니다. 특히 섬세한 입술로 짓는 미소엔 특이한 매력이 있었습니다.

월리가 처음 내 앞에 나타났을 때 그는 열여섯 또는 열일곱 살이었을 겁니다. 나는 그해 8월을 월리네 마을에서 보내는 중이었는데, 처음 2주 동안은 인사를 건네도 그는 그저 미소로만 답할 뿐이었지요.

그러던 어느 날 내가 추수가 한창인 보리밭 가장자리에 앉아, 밭 가운데 부분이 점점 줄어드는 풍경을 나른하게 바라보던 때였습니다. 태평한 월리가 다가오더니 곁에 털썩 드러눕더군요.

내 얼굴은 쳐다보지도 않고, 그는 손을 뻗어 내가 차고 있던 시계에 매달린 스카라베[2] 장식을 만지작거렸습니다. 그러고는 이야기를 시작했습니다.

내가 이집트의 어린 소년이었을 때 일이야. 난 아버지의 보리밭에 씨를 뿌렸어. 연둣빛 싹이 움틀 때까지 매일 밭을 돌보러 다녔지. 보리는 나날이 쑥쑥 자라더니 곡식으로 바뀌고 금빛 이삭을 주렁주렁 매달았어. 해마다 들판이 황금빛으로 물들면 나는 우리 아버지가 이집트 최고의 보물을 가진 부자라고 생각했지.

그 시절 이집트엔 여러 개의 이름을 가진 왕이 있었어. 그 이름 중에 가장 짧은 게 '라'였으니, 라 왕이라고 부를게. 라 왕은 도시에서 아주 화려하게 살았어. 아버지의 밭은 도시 바깥에 있어서 나는 왕을 본 적이 없었지만, 사람들은 그의 궁전과 호화로운 옷, 왕관과 보석들, 돈이 가득한 궤짝에 대해 자주 떠들어댔지. 왕은 은그릇에 음식을 담아 먹고, 황금잔으로 술과 물을 마시고, 진주로 장식된 술이 달린 보라색 비단 휘장 아래서 잔다고 했어.

난 그런 이야기를 듣는 건 좋아했어. 마치 요정들이 사는 나라 왕의 이야기 같았거든. 하지만 실제로 라 왕이 내 아버지처럼 살아있는 사람이라고 느껴지진 않았어. 그의 황금빛 망토가 우리 보리밭처럼 진짜일 리는 없다고 생각했지.

어느 날 태양이 뜨겁던 한낮에, 나는 높이 자란 보리밭 그늘에 누워 이삭에서 낱알을 한 톨씩 따먹고 있었어. 갑자기 머리 위에서 크게 웃는 소리가 들려오더군. 고개를 드니 여태껏 봐온 중에 제일 키가 큰 남자가 나를 내려다보고 있었어. 구불거리는 검은 수염은 가슴께까지 내려오고, 눈은 독수리처럼 날카롭고, 머리 장식과 옷은 햇빛을 받아 반짝였지. 나는 한눈에 그가 라 왕이란 걸 깨달았어. 조금 떨어진 곳에 말을 탄 근위병들이 왕이 타고 온 말의 고삐를 잡고 있었어.

우리는 한동안 서로를 바라보기만 했지. 왕은 내려다보고 나는 올려다보면서. 왕이 다시 웃음을 터뜨리며 말했어.

"너는 꽤 만족스러워 보이는구나, 아이야."

"그렇습니다. 라 왕이시여."

나는 말했지.

"너는 대단한 만찬인 것처럼 보리를 먹고 있구나."

"실로 그렇습니다. 라 왕이시여."

"너는 누구인가?"

"제 아버지의 아들입니다."

나는 말했어.

"그렇다면 네 아버지는 누구인가?"

"이집트에서 가장 풍요로운 부자입니다."

"그걸 네가 어떻게 아느냐?"

"아버지는 이 보리밭을 가지고 있으니까요."

나는 그렇게 말했던 거야.

라 왕은 번쩍이는 눈으로 우리 밭에 시선을 던지고는 말했어.

"나는 이집트를 가졌다."

"그건 지나치게 많습니다."

내가 말했지.

"감히!"

왕이 소리쳤어.

"지나치게 많다니 당치도 않은 소리! 내가 네 아비보다
부유하다."

나는 고개를 저었지.

"내가 그렇다고 말했다! 네 아비는 무엇을 입느냐?"

"제 것과 같은 셔츠를 입습니다."

나는 내 무명 셔츠를 만지작거렸어.

"내가 입은 것을 보아라!"

왕이 휘두른 황금빛 망토가 내 뺨을 스쳐서 무척 따가웠어.

"이래도 네 아비가 나보다 부자라고 할 테냐?"

"아버지는 그보다 많은 황금을 가졌습니다. 이 보리밭을 갖고
있으니까요."

나는 그렇게 말했고, 이제 왕은 무섭게 화가 난 것 같았지.

"만약 내가 이 밭을 불태워버린다면? 그럼 네 아비에겐 무엇이
남느냐?"

"보리입니다, 내년에 또 자라날 보리…."

"이집트 왕은 이집트 보리보다 위대하단 말이다!"

라 왕은 소리쳤어.

"왕은 보리보다 더 찬란한 황금빛이며, 왕은 보리보다 더 오래 살리라!"

내겐 그 말이 진실처럼 들리지 않았고 그래서 또 고개를 저었지. 라 왕의 눈에 폭풍이 몰려오는 게 보였어. 왕은 근위병들을 돌아보더니 거칠게 외쳤어.

"보리밭을 불태워라!"

근위병들이 보리밭 네 군데 모퉁이마다 불을 질렀지. 왕은 불타는 밭을 보면서 말했어.

"네 아비의 황금을 봐라, 아이야. 이전보다 훨씬 빛나는구나! 그리고 다시는 빛나지 못하겠지."

황금빛 들판이 새카맣게 타버리자 라 왕은 말 등에 오르더니 외쳤어.

"이제 누가 더 황금빛이냐? 보리냐, 왕이냐? 라 왕은 네 아비의 보리보다 오래 살리라!"

왕의 금빛 망토가 햇빛을 받아 번쩍거렸어. 나는 그가 멀어져가는 뒷모습을 바라보았지. 그제서야 아버지가 헛간에서 살그머니 나오더니 속삭였어.

"우리는 이제 망했구나. 도대체 라 왕께서 왜 우리 밭을 불태우신 게냐?"

나는 대답할 수 없었어. 나도 이해할 수가 없었거든. 나는 헛간

뒤편 작은 뒤뜰로 가서 울었어. 눈물을 닦으려고 주먹을 폈을 때, 절반은 텅 비었지만 그래도 잘 익은 보리 이삭 하나가 내 손바닥에 붙어 있는 걸 봤어. 수천만 개 황금빛 이삭 중에서, 낱알이 반만 달린 이삭이 유일하게 남은 보물이었던 거야. 왕이 이것까지 빼앗을 것 같아, 나는 손가락을 땅에 박아 구멍을 만들고 한 알 한 알 낱알들을 떨어뜨렸어.

이듬해 이집트의 보리가 익어갈 때 내 사랑스러운 보리 이삭 열 개도 꽃들과 조롱박 사이에 자라나 있었지. 그해 여름 라 왕은 죽었어. 장엄한 장례식이 치러졌지. 이집트 왕이 죽으면 수많은 보석과 화려한 옷들, 황금 가구들로 가득 찬 밀폐된 방 안에 눕히는 게 관습이었어. 무엇보다도 저승에 도착하기 전까지 배가 고프면 안 되니까 보리도 그 방에 넣어야 했어.

도시에서 한 남자가 보리를 구하러 나왔다가 우리 집 앞을 지나가게 되었지. 올 때도, 돌아갈 때도 말이야. 날이 더워서 남자는 우리 집에 들러 잠시 쉬었는데, 자기가 구한 보릿단이 라 왕과 함께 묻힐 거라고 말했어. 그러고는 더위와 피로에 지쳐 잠이 들었지. 그가 자는 동안 내 머릿속에 어떤 목소리가 울리는 거야. 라 왕이 내 위에 서서 말하는 모습이 다시 보이는 것만 같았어.

"이집트 왕은 보리보다 더 찬란한 황금빛이며, 이집트 왕은 보리보다 더 오래 살리라!"

나는 재빨리 뒤뜰로 가서 나의 보리 이삭 열 개를 베었어. 그리고 그 남자가 왕을 위해 모은 보릿단 속에, 금빛 칼날처럼 생긴 내 이삭 줄기를 집어넣었지. 잠에서 깬 남자는 보릿단을 챙겨 들고 도시로 돌아갔어. 마침내 라 왕이 영광스럽게 묻힐 때 내 보리도 그와 함께 묻힌 거야.

　태평한 윌리는 내 스카라베 장식을 부드럽게 쓰다듬었습니다.
　"그게 끝이야, 윌리?"
　내가 물었습니다.
　"끝은 아니지."
　윌리가 말했습니다.
　"수백 수천 년 세월이 흐르고, 작년 이집트에 간 영국인들이 라 왕의 무덤을 발견했거든. 무덤을 열었더니 거기 그 많은 보물들 사이, 내 보리가 있었대. 황금 물건들은 햇빛 아래 나오자 바스러졌지만, 내 보리는 그렇지 않았어. 그들이 보리 일부를 영국으로 가져왔는데 우연히 우리 집 앞을 지나다 잠시 멈춰서 쉬었어. 오래전 이집트 남자가 그랬던 것처럼. 그 사람들은 아버지한테 자기네가 가져온 걸 보여줬어. 나도 직접 만져봤지. 바로 나의 보리를."
　윌리는 나를 향해 그 독특한 미소를 지었습니다.
　"그런데 낱알 하나가 내 손바닥에 붙어버린 거야. 난 그걸 이 보리밭 한가운데 심었어."
　"그럼 그게 자랐다면, 분명 아직 베지 않은 저 보리들 속에 있겠네?"

나는 보리 베는 기계가 밭에 남은 마지막 이랑 쪽으로 회전하는 모습을 바라보았습니다. 윌리가 일어서더니 따라오라고 손짓했습니다. 우리는 얼마 남지 않은 보리들을 주의 깊게 살펴보았지요. 문득 윌리가 다른 이삭보다 유난히 크고 빛나는 한 이삭을 가리켰습니다.

"이게 그 보리야?"

윌리는 그저 장난꾸러기 소년처럼 씩 웃기만 했습니다.

"확실히 다른 이삭들보다 더 금빛인 것 같아."

내가 말했습니다.

"물론이지."

태평한 윌리가 말했습니다.

"이집트 왕이 얼마나 황금빛인데."

---

1 **Corn** 곡식, 옥수수, 보리 등. 이 이야기에서는 보리를 뜻한다.
2 **스카라베** 스카라브(scarab) 또는 스카라베라 불리는 곤충으로 주로 풍뎅이, 쇠똥구리를 말한다. 옛날 이집트인들은 쇠똥구리를 태양신 라의 사도로 여겨 형상을 본뜬 부적과 장신구를 만들었고, 스카라베 부적을 무덤에 넣으면 죽은 자를 보호해준다고 믿었다.

작은 재봉사

THE LITTLE DRESSMAKER

옛날 어느 곳에 큰 재봉사 밑에서 일을 배우는 작은 재봉사가 있었습니다. 작은 재봉사는 비록 견습생이었어도 옷감을 곱게 마름질했고, 바느질은 꼼꼼했으며, 누구에게 어떤 옷이 어울릴지를 정말 잘 알았습니다. 사실 이 나라 최고의 재봉사였지요. 큰 재봉사도 그 사실을 알고 있었습니다. 하지만 작은 재봉사는 아직 나이도 젊고 무척 겸손하고 조용했기 때문에, 큰 재봉사는 이렇게 생각했습니다.

'로타가 나보다 뛰어난 재봉사라고 굳이 말해줄 필요는 없어. 어차피 말하지 않으면 저 아이는 절대로 깨닫지 못할 거야. 괜히 그런 말을 했다간 여길 나가서 자기 가게를 차릴지도 모르잖아?'

그래서 큰 재봉사는 입을 다물었습니다. 로타가 평소보다 예쁜 옷을 만들어도 거의 칭찬하지 않았고, 그리 잘못하지 않았는데도 걸핏하면 꾸중을 했습니다. 하지만 로타는 늘 좋은 부분만 보려고 노력했지요. 자기 솜씨가 뛰어나다고 여기지도 않았고요.

큰 재봉사는 중요한 주문이 들어올 때마다 로타와
의논했습니다.

"푸딩 후작 부인께서 무도회 때 입을 옷을 맞추러 오셨단다.
자기한테는 복숭아빛 실크가 어울린다는구나."

"오, 안 돼요!"

로타는 안타깝게 외쳤습니다.

"후작 부인께는 자두색 벨벳이 훨씬 어울리실 텐데요."

"내가 딱 그렇게 말씀드렸단다."

큰 재봉사가 말했습니다.

"후작 부인은 치마에 장식 주름도 열일곱 줄이나 잡고 싶으시대."

"세상에!"

로타가 소리쳤습니다.

"그런 옷은 장식 없이 묵직하고 기품 있게 재단해야 해요."

"나도 그렇게 말씀드렸지. 부인께는 의젓한 스타일이
어울리니까 장식 없이 품위를 살려야 한다고 말이야."

두 재봉사는 푸딩 후작 부인에게 하늘거리는 복숭아빛 드레스
대신 기품 있는 자두색 드레스를 만들어 주었습니다. 여왕의
무도회에 후작 부인이 위엄 있는 모습으로 등장하자 사람들은
"큰 재봉사는 천재야." 하고 말했습니다. 하지만 진짜 천재는 작은
로타였지요.

자, 여기서 미리 말해둘 사실이 있습니다. 이 나라의 여왕은

평생 일흔 살이 될 때까지 결혼하지 않아 왕위를 계승할 자녀가 없었습니다. 하지만 어머니가 된 적은 없었어도, 25년 동안 누군가의 고모 역할을 해왔습니다. 바로 여왕의 조카인 이웃 나라 왕이었지요. 그는 시간이 지나면 그의 나라와 함께 고모의 나라도 다스리게 될 터였습니다. 왕은 지난 20년 동안 고모를 방문하지 않는데, 소문을 듣자 하니 아주 매력적인 청년이고 자기 고모처럼 결혼도 하지 않았다고 합니다. 그 점이 신경 쓰인 고모는 일 년에 두 번, 왕의 생일과 크리스마스에 꼬박꼬박 편지를 써서 결혼 이야기를 꺼냈습니다. 하지만 답장은 늘 이러했습니다.

> **친애하는 조지나 고모님께**
>
> **멋진 필통 대단히 감사해요.**
>
> **ㅡ고모님의 사랑하는 조카, 딕[1].**
>
> **추신. 아직 시간은 많은걸요.**

조지나 여왕은 벌써 일흔 살이고, 젊은 리처드 왕은 스물다섯 살이었습니다. 일흔 살이 되면 스물다섯 살 때처럼 시간이 많다고 생각하지 않는 법입니다. 얼마 후, 완고한 여왕은 크리스마스도 아니고 왕의 생일도 아닌 날에 편지를 써 보냈습니다.

> **더 이상 은근슬쩍 농담으로 넘길 생각은 말아요.**
>
> **조만간 내 궁전으로 와서 직접 신부를 고르도록 하시지요.**

이번엔 필통도 보내지 않았기 때문에 왕은 감사 인사로
얼버무릴 수가 없었습니다. 결혼 이야기에 꼭 대답해야 했으니
왕은 생각 끝에 이렇게 썼어요.

친애하는 조지나 고모님께
뜻대로 하십시오.
　　　　　　　　—고모님의 사랑하는 조카, 딕.
추신. 열아홉 하고도 반 살, 허리둘레 19인치[2] 하고도
반 인치인 사람이 아니면 결혼하지 않겠습니다.

여왕은 곧바로 열아홉 하고도 반 살 나이인 귀족 아가씨들을
죄다 불러들여 치수를 재도록 했습니다. 그중에서도 허리둘레가
정확히 19인치 하고도 반인 사람은 딱 세 명뿐이었지요. 그런
사람이 많을 리는 없으니까요. 여왕은 다시 조카에게 편지를
썼습니다.

친애하는 조카 리처드에게
요거트 공작 딸과 캐러멜 백작 딸, 밀크젤리 아가씨가 오는
12월 스무 살이 됩니다만 지금은 6월이에요. 이 아가씨들은
아름답고, 허리둘레도 조카님이 원하는 그대로입니다.
직접 와서 만나보도록 하세요.
　　　　　　　　—애정을 다하는 고모, 조지나 여왕

왕도 답장을 썼습니다.

> 친애하는 조지나 고모님께
>
> 원하는 대로 하십시오. 월요일에 가겠습니다. 화요일,
> 수요일, 목요일, 세 번 무도회를 열어서 세 아가씨와
> 한 명씩 춤출 수 있게 해주세요. 가장 마음에 드는 사람과
> 금요일에 결혼해 토요일에 돌아오겠습니다.
>
> ─고모님의 사랑하는 조카, 딕
>
> 추신. 가장무도회가 어떨까요.
> 제게 아주 멋진 가장무도회 옷이 있거든요.

여왕은 월요일 아침에서야 이 편지를 받았는데, 왕이 바로
그날 밤에 온다지 뭐겠습니까. 다들 얼마나 법석을 떨었는지,
특히 허리둘레가 19인치 하고도 반인 아가씨들이 얼마나
서둘렀을지 짐작이 가겠지요. 세 아가씨는 곧바로 큰 재봉사에게
달려갔습니다.

요거트 공작가 아가씨가 말했습니다.

"분명히 말하는데 당신이 만들 수 있는 가장 아름다운
가장무도회 드레스를 반드시 입어야겠어요. 화요일 첫 무도회가
시작되기 전까지 말예요. 드레스가 완성되면 내게 그걸 입혀줄
시중 드는 아이도 함께 보내주고요."

캐러멜 백작가 아가씨가 말했습니다.

"지금 당신한테 제일 중요한 건, 더없이 매혹적인 가장무도회 드레스를 만들어서 내게 보내는 일이에요. 수요일 두 번째 무도회가 열리는 시간에 맞춰서요. 옷 입는 걸 도와줄 재봉사도 함께 보내줘요, 가장 솜씨 좋은 아이로."

밀크젤리 가문 아가씨도 말했습니다.

"목요일 세 번째 무도회에 입고 나갈 세상에서 가장 황홀한 드레스를 만들어주지 않으면, 난 속상해서 죽어버릴지도 몰라요. 옷이 잘 만들어졌는지 확인하고 싶으니 이 가게에서 제일 우아한 모델에게 입혀서 보내주세요. 직접 보고 판단할 거예요."

큰 재봉사는 모두에게 그대로 하겠다고 약속하고, 그들이 돌아가자마자 로타에게 뛰어가 모든 걸 이야기했습니다.

"우리 지혜를 죄다 짜내고 열 손가락을 쉴 새 없이 움직여 바느질해야겠다, 로타. 그 옷들을 시간 내에 지으려면 말이야."

"오, 어떻게든 해낼 수 있을 거예요."

로타가 명랑하게 말했습니다.

"주문을 순서대로 다 받으세요. 제가 한숨도 못 자고 밤을 새우더라도 요거트 아가씨는 내일 밤, 캐러멜 아가씨는 모레 밤, 밀크젤리 아가씨는 글피 밤에 자기 드레스를 입게 될 테니까요."

"정말 좋구나, 로타. 그렇지만 어떤 드레스를 만들지 먼저 생각해야지."

"요거트 님은 태양빛이 어울릴 것 같군요."

로타가 말했습니다.

"마침 그 생각을 하던 참이었는데!"

큰 재봉사가 말했습니다.

"캐러멜 님의 옷은 달빛처럼 고혹적이어야 해요."

"역시 내 생각과 같구나!"

"그리고 밀크젤리 님은 무지갯빛 드레스가 황홀하겠어요."

"너는 언제나 내 생각을 읽은 것처럼 말하지. 그럼 드레스를 디자인하고 옷감을 마름질해라. 어서 바느질을 시작하렴."

로타는 세 벌의 드레스 모양을 디자인하고, 찬란한 황금색이어서 입고 춤추면 태양 같은 빛을 내뿜을 첫 번째 의상을 만들기 시작했습니다. 로타는 온종일 바느질하느라 젊은 왕이 궁전에 도착했다는 소식도 듣지 못했습니다.

화요일 밤 첫 무도회가 시작되기 한 시간 전, 빛나는 드레스가 완성되었습니다.

"궁전에서 옷을 가지러 마차가 왔단다."

큰 재봉사가 말했습니다.

"우리 가게 견습생이 그 드레스를 입고 가서 요거트 아가씨에게 옷맵시를 보여드려야 할 텐데. 누굴 보내야 하려나? 허리둘레가 19인치 하고도 반밖에 안 되니 말이다."

"제가 마침 그 치수이군요, 마담."

로타가 말했습니다.

"얼마나 행운인지! 어서, 로타. 그 옷을 입고 다녀오려무나."

로타는 눈부신 드레스를 입고 황금빛 구두와 덧신을 신고
찬란한 장식이 반짝이는 작은 금관을 쓰고는, 그 위에 자신의 낡은
검정 망토를 걸쳤습니다. 왕실 마차가 기다리는 곳으로 뛰어가
마차에 오르자, 마부는 채찍을 휘둘러 빠르게 출발했습니다.

궁전에 도착하니 마침 넓은 홀을 지나던 젊은 시종이 로타를
작은 곁방으로 안내했습니다.

"여기서 기다려주십시오."

시종이 말했습니다.

"공작 따님이 옆방에서 준비 중이니 채비가 끝나면 종을 울릴
겁니다. 아, 당신은 망토 안에 정말 아름다운 드레스를 입고
입군요."

"요거트 아가씨가 입을 드레스예요. 이걸 입는다면 왕의 마음을
단번에 사로잡을 수 있겠죠. 한 번 보시겠어요?"

로타가 말했습니다.

"네, 부디."

시종이 말했습니다.

로타는 검은 망토를 내리고 구름 사이로 나오는 햇살과도 같이
발을 내디뎠습니다.

"어떤가요? 아름답지 않나요! 왕도 이 드레스를 입은 요거트
아가씨와 춤추지 않고는 못 견디실 거예요."

"제가 봐도 그렇군요."

시종은 우아하게 허리를 굽혀 로타에게 인사하고는

덧붙였습니다.

"공작 아가씨, 제게 당신과 춤출 영광을 주시겠습니까?"

"어머나, 폐하!"

로타는 웃었습니다.

"저야말로 영광이옵니다."

시종은 로타의 허리에 팔을 두르고 함께 춤을 추었습니다. 그가 로타에게 당신의 머리카락은 햇살보다 눈부시다고 말하려는 순간, 옆방에서 종이 울려 로타는 가야만 했습니다.

요거트 아가씨는 드레스를 보고 무척 기뻐했어요. 그걸 입고 어떻게 걸어야 하는지, 어떻게 앉아야 하는지, 어떻게 서 있고 춤을 춰야 하는지 로타에게 꼼꼼히 배웠습니다. 마침내 드레스로 갈아입고 무도회장을 향해 미끄러지듯 들어갔지요. 로타는 낡은 망토를 걸치면서, 눈부시게 빛나는 요거트 아가씨를 모두가 박수로 맞이하는 소리를 들었습니다.

'아, 왕은 절대 그녀의 매력에 저항할 수 없을 거야!'

로타는 그렇게 생각하며 서둘러 달빛 드레스를 만들러 돌아갔습니다.

그날 밤과 이튿날 온종일, 로타는 바느질을 계속해 몸에 딱 붙는 얇은 은빛 드레스를 만들었습니다. 왕실 마차가 문 앞에 도착했을 때 옷이 완성되어, 로타는 지난번처럼 드레스를 입고 낡은 망토를 걸친 채 마차를 탔습니다. 이번에도 젊은 시종이 로타를 곁방으로 안내하며 기다려달라고 했습니다.

"어젯밤 무도회는 어땠나요?"

로타가 물었습니다.

"왕께선 저녁 내내 황금빛 공작 아가씨와 춤을 추셨습니다. 오늘 밤 백작 아가씨에게 그런 행운이 있을지는 모르겠군요."

시종이 말했습니다.

"과연 그럴까요?"

로타는 검은 망토를 벗고 밤을 비추는 달빛처럼 그의 앞에 섰습니다.

"오, 백작 아가씨."

젊은 시종은 조용히 로타의 손에 입맞추었습니다.

"당신과 함께 춤출 수 있다면 저는 세상에서 가장 행복한 사람일 겁니다."

"행복한 사람은 저랍니다, 폐하."

상냥하게 웃으며 로타가 말했습니다.

두 사람은 또다시 곁방에서 춤을 추고는 나란히 앉아 서로의 이야기를 주고받았습니다. 로타는 자신이 열아홉 하고도 반 살이고, 어머니는 가정부이며 아버지는 구두장이라고 했습니다. 견습 재봉사로 일하고 있다는 말도 했지요. 시종은 스물다섯 살이고, 아버지는 책을 만드는 사람이고 어머니는 다른 집 빨래를 해주고 있으며 자기는 젊은 왕의 시종으로 일한다고 했습니다. 왕이 결혼식을 올리면 함께 이웃 나라로 돌아갈 거라고도 했지요.

그 말을 듣자 로타는 생각에 잠긴 듯 쓸쓸한 표정이 되었습니다. 시종이 왜 그러냐고 물었지만 로타 자신도 왜 그런지 몰랐습니다. 시종이 로타의 손을 잡고 당신의 손이 달빛처럼 희다고 말하려는 참에, 옆방 종이 울려 로타는 가야만 했습니다.

캐러멜 아가씨는 드레스에 단숨에 매료되었습니다. 요모조모 살펴보고는 그 옷을 입고 무도회장으로 들어갔습니다. 캐러멜 아가씨가 나타나자 사람들이 감탄하는 소리가 로타가 있는 곳까지 들려왔지요. 로타가 낡은 망토를 걸치고, 서둘러 무지갯빛 드레스를 만들려고 돌아가던 순간이었습니다.

또다시 밤을 새우고 이튿날 온종일 자리에 앉아 옷을 만들던 로타의 눈꺼풀이 무거워졌습니다. 어쩐지 마음까지 무거웠으나 이유는 알 수 없었어요.

세 번째 무도회가 열리기 전 가까스로 드레스가 완성되었을 때 마차는 이미 기다리고 있었습니다. 로타는 다채롭게 반짝이는 드레스 위에 낡은 망토를 걸치고서, 마차를 타고 궁전으로 갔습니다. 다시 한번 시종이 곁방으로 안내해주었지요. 로타는 깊은 의자에 풀썩 주저앉으며 물었습니다.

"어젯밤 무도회는 어땠나요?"

"왕께선 은빛 백작 아가씨하고만 춤을 추셨고 눈길을 그분한테서 떼지 않았답니다. 그러니 밀크젤리 아가씨에겐 기회가 없을 것 같군요."

시종이 대답했습니다.

"그건 모를 일이죠."

로타가 말했습니다. 하지만 로타는 너무나 피곤해서, 망토를 벗고 옷을 보여주려고 하지도 않았습니다. 그래서 시종이 대신 망토를 벗겨주고 등 뒤의 의자에 걸어 놓았습니다. 로타가 검은 구름 사이로 솟아난 작은 무지개처럼 빛나는 걸 본 시종은 그녀 앞에 무릎을 꿇었습니다.

"오, 아가씨!"

그가 속삭였습니다.

"저와 오늘의 춤을, 그리고 앞으로의 모든 춤도 함께 추어주시지 않겠습니까?"

그러나 로타는 그저 고개를 저었습니다. 너무나 피곤했거든요. 미소를 지어주고 싶었지만, 굵은 눈물방울이 뺨을 타고 흘렀기에 그럴 수 없었습니다. 시종은 이유를 묻지 않았습니다. 무지개에는 으레 눈물이 어리기 마련이니까요. 대신 그는 의자에 앉은 로타를 감싸 안고 입을 맞추었습니다. 하지만 입맞춤이 채 끝나기도 전에 종이 울려, 로타는 눈물을 닦고 가야만 했습니다.

밀크젤리 아가씨는 드레스를 보고 넋이 나갈 만큼 기뻐했습니다. 로타가 이리저리 몸을 돌리며 옷 입는 법을 보여주자, 그걸 입고 무도회장으로 달려갔습니다. 사랑스러운 밀크젤리 아가씨가 나타난 순간 감탄의 한숨 소리가 넓은 무도회장 가득히 퍼져 나갔습니다. 로타는 아무도 없는 곁방에서 그녀의 낡은 망토를 걸치고는 비틀거리며 돌아왔습니다. 침대에 누워 자고 또 자고 싶었지요.

그런데 가게 문 앞에서 큰 재봉사가 난처한 얼굴로 로타를 맞이했습니다.

"어쩌면 좋으니!"

큰 재봉사가 외쳤습니다.

"방금 여왕의 명령이 떨어졌단다. 지금까지보다 더 아름다운 드레스를 왕의 신부를 위해 만들라고 말이다. 결혼식은 내일 정오인데 어떡해야 할지. 자, 생각해라. 로타, 생각해! 어떤 웨딩드레스여야 하는지."

로타는 떨어지는 눈송이처럼 새하얀 드레스를 떠올리고는 옷감을 자르기 시작하며 물었습니다.

"하지만 마담, 어느 분 치수에 맞춰야 하는지 모르는걸요."

"네 치수에 맞추면 되잖니. 네가 세 아가씨와 치수가 같으니까."

"셋 중 어느 분이 신부일까요?"

로타가 물었습니다.

"아무도 모른단다. 사람들이 말하길, 왕은 태양과 달에게 똑같이 매료되었고 무지개에도 매료된 게 틀림없다고 해."

"그럼 왕은 무도회에서 어떤 옷을 입으셨나요?"

잠을 쫓으려고 로타가 물었습니다.

"실망스럽게도 왕이 입을 만한 옷은 아니었다더라. 왕의 시종이

109

입던 제복이라 했으니."

그 뒤로 로타는 아무 질문도 하지 않았습니다. 말이 없어졌지요. 그저 지친 듯 고개 숙인 채 새하얀 옷감을 손가락과 눈이 아프도록 바느질하고 또 바느질했습니다. 밤이 가고 아침이 오고, 마침내 정오 한 시간 전에 드레스가 완성되었습니다.

"마차가 왔다."

큰 재봉사가 말했습니다.

"그 드레스를 입고 가거라, 로타. 신부가 분명 옷맵시를 보고 싶어할 거다."

"신부는 누구인가요?"

로타가 물었습니다.

"아직 아무도 모른단다. 젊은 왕은 지금도 고민 중이고, 마음을 정하는 대로 결혼식을 올린다는 소문이야."

로타는 웨딩드레스를 입고 마차가 있는 곳으로 갔습니다. 놀랍게도 로타의 바로 그 시종이 그녀를 태우려고 기다리고 있었습니다. 로타는 진지하게 그를 쳐다보다가 입을 열었습니다.

"설마, 당신이 왕인가요?"

"어쩌다 그런 생각을 하셨습니까?"

시종은 그렇게 말하며 문을 닫고 힘차게 마차를 몰았습니다. 로타는 자리 구석에 기대 깊이 잠들었습니다. 신부가 되어 마차를 타고 자기 결혼식에 가는 꿈을 꾸면서요.

로타가 눈을 떴을 때 마차는 어느 건물 앞에 멈춰 서 있었습니다.

그곳은 궁전이 아니라 시골 작은 교회 앞이었어요. 시종이 뛰어내려 로타의 손을 잡고 마차에서 내려주었습니다. 로타는 눈처럼 새하얀 드레스를 입고서 그의 팔을 잡고, 함께 통로를 걸어 들어갔습니다. 제단 앞에서 목사가 기다리는 모습까지 마치 꿈의 일부인 듯 자연스럽게 느껴졌습니다. 몇 분 만에 결혼식이 끝나고 로타는 손가락에 금반지를 낀 채 마차로 돌아갔습니다. 이번엔 시종도 같이 마차 안에 탔고, 그들은 지난밤 다하지 못한 입맞춤을 끝냈습니다. 비로소 로타는 그의 어깨에 기대 편안히 잠이 들었지요.

마차가 이웃 나라 젊은 왕의 도시에 입성해 궁전 앞에 도착할 때까지 로타는 푹 잠을 잤습니다. 사람들의 환호성 속에서 로타는 약간 멍한 채 시종의 팔을 잡고 궁전 계단을 올라갔습니다. 그 계단 끝에서 누군가가 즐거운 미소로 두 사람을 맞이했습니다. 바로 젊은 왕이었지요.

네, 그랬습니다. 아시다시피, 시종은 그냥 시종이니까요. 단지 젊은 왕은 조금도 결혼할 마음이 없었기 때문에 그의 자리에 시종을 보냈던 것입니다. 시종은 로타에게 첫눈에 반했고, 첫 번째 무도회가 열리기도 전에 이미 마음이 정해졌습니다. 요거트 아가씨든 캐러멜 아가씨든 밀크젤리 아가씨든, 안타깝지만 전혀 기회가 없었던 거예요.

그건 차라리 무척 다행이었습니다. 만약 시종이 세 아가씨 중에

한 사람과 결혼했다면, 늙은 여왕은 조카의 장난을 깨닫고 불같이
화를 냈을 테니까요. 신부도 무척 화를 냈을 거고요.

　젊은 왕의 시종과 재봉사 로타의 결혼 소식이 여왕의 귀에
들어가자, 여왕은 젊은 왕의 생일에 이렇게 편지를 보냈습니다.

> 친애하는 리처드에게
>
> 이 편지와 함께 나의 사랑이 담긴 선물을 동봉합니다.
>
> 그와 동시에 나는 조카님에게 매우, 매우 불쾌하니
>
> 더 이상 그대의 결혼 문제에 상관하지 않겠어요.
>
> 　　　　　　　—애정을 다하는 고모, 조지나 여왕

젊은 왕도 곧바로 답장을 써서 보냈습니다.

> 친애하는 조지나 고모님께
>
> 정말이지, 대단히 감사합니다.
>
> 　　　　　　　—고모님의 사랑하는 조카, 딕
>
> 추신. 오, 멋진 필통도 감사해요.

1　**딕** Dick. 남자 이름 리처드(Richard)의 애칭.
2　**인치** 길이를 재는 단위. 1인치는 약 2.54cm이다.

코네마라 당나귀

THE CONNEMARA DONKEY

어느 날 아침, 여느 때처럼 대니 오 툴의 엄마는 대니의 외투 단추를 채우고 초록색 베레모를 귀까지 푹 눌러 씌워준 뒤 문 앞에서 배웅했습니다. 거기서부터 학교까지는 대니 혼자서 갔습니다. 대니는 일곱 살이었고, 학교까지 건널목은 딱 한 군데였으니까요.

"길 건널 때 조심해라. 꼭 양쪽 모두를 살펴야 해."

오 툴 부인이 말했습니다.

"그럴게요."

대니가 약속했습니다.

"이 세상을 통틀어 그보다 더 좋은 충고는 없을 거다."

다 같이 아침을 먹었던 부엌에서 오 툴 씨가 큰 소리로 말했습니다.

"길 양쪽을 다 살피면 길고양이부터 국왕까지 하나도 놓치지 않을 테니까."

"고양이나 왕은 신경 쓰지 마. 자동차랑 자전거를 조심해야 해."

오 툴 부인이 말했습니다.

"꼭 그럴게요."

대니는 또 한 번 약속하고 라치그로브[1] 거리에 있는 학교로 향했습니다. 오 툴 부인이 부엌으로 돌아가보니 오 툴 씨는 아침 첫 담배를 피우려고 파이프를 채우고 있었습니다.

"아이한테 말도 안 되는 소리를 얼마나 하는 거야?"

부인이 미소 지으며 말했습니다.

"파이프에 담배 채우듯이 대니에게 헛된 이야기만 채우잖아."

"파이프나 아이한테 그런 것 말고 채울 게 뭐가 있어?"

오 툴 씨가 천연덕스럽게 대꾸했습니다.

오 툴 씨는 아일랜드 사람, 오 툴 부인은 잉글랜드 사람이었습니다. 그게 이들 부부의 가장 큰 차이점이었지요. 잉글랜드인들은 정확히 이해가 안 되는 일이 생기면, 그냥 웃는 사람과 화내며 비난하는 사람으로 나뉩니다. 그래서 오 툴 씨는 영국으로 건너와 살게 되었을 때 신중하게 살펴서 웃는 사람을 골라 결혼했지요. 과연, 지금 오 툴 부인은 아침 식사 때 쓴 컵들을 차곡차곡 정리하며 웃고 있었습니다. 오 툴 씨는 일터에 나갈 준비를 마쳤습니다. 그는 거리 모퉁이 코로네이션 극장에서 일했는데, 집에선 다른 남자들처럼 러닝셔츠 바람으로 지내지만 극장에선 꽤 눈에 띄는 화려한 제복을 입었습니다.

작년 크리스마스 날 대니는 코로네이션 극장에서 난생처음으로 연극을 보았습니다. 잘생긴 딕 위딩턴[2]과 그의 멋진 고양이, 아름다운 일곱 요정들, 1부가 끝난 뒤 바닐라 아이스크림을 가져다준 안내원 아가씨에게 푹 빠져버렸지요. 하지만 대니가 그날 밤 잠자리에 누워 즐거웠던 하루를 돌아봤을 때 가장 인상 깊게 남은 것은, 집에선 한 번도 본 적 없는 멋진 옷을 입고 자동차 문을 열어주거나 호루라기를 불어 택시를 불러주던 아빠의 모습이었습니다.

"우리 아빠 외투에는 금단추가 달려 있어."

대니는 학교에서 친구들에게 이야기했습니다.

"아하, 당연히 그러시겠지!"

앨버트 브릭스가 비웃었습니다. 앨버트는 대니가 좋아할래야 할 수가 없는 녀석이었어요.

"대포는 해군한테나 가서 쏴라."

그 말은 앨버트가 얼마 전 자기 삼촌한테서 배운 말이었습니다. 대니가 아빠의 말을 그대로 믿듯 앨버트도 삼촌의 말이라면 뭐든지 그대로 믿었습니다.

"외투에 금단추가 달렸대. 우우! 대포는 해군한테나 가서 쏴라."

앨버트가 비웃었지만 대니는 고집스레 말했습니다.

"그러면 될 거 아냐. 우리 아빠는 외투 어깨랑 앞자락에 금단추를 달고 있다고!"

"너네 아빠가 어디서 태어났는지나 말해봐, 대니."

메이지 보닝턴이 키득거렸습니다.

"우리 아빠는 코네마라에서 태어나셨어!"

대니가 날카롭게 소리쳤습니다. 대니네 아빠 이야기는 언제나
이 질문이 나오며 끝났습니다. 대니가 처음 '코네마라'를 입에
올린 뒤부터 아이들은 그 희한한 단어만 나오면 아우성치며
웃었습니다. 학교에서 시인을 자처하는 아이는 그걸 두고 짤막한
노래까지 지어냈지요.

대니네 아빠! 대니네 아빠!

코네마라에 살지 않는다네!

"지금은 아니지만 예전엔 거기서 살았다고!"

대니가 고함질렀습니다.

"예전은 무슨! 코네마라 같은 곳은 있지도 않는데."

메이지가 놀렸습니다.

"있어, 분명히!"

"네가 지어낸 거겠지."

"아니야! 그리고 우리 아빠 외투엔 진짜로 금단추가 달려 있어."

"그딴 소리는 해군한테나 가서 하라니까?"

앨버트 브릭스가 짓궂게 되풀이했습니다.

"해군 아저씨도 알아!"

대니는 그렇게 소리쳤습니다. 문득 어떤 생각이 떠올랐거든요.

앨버트가 해군에 대해 아는 건 주워들은 얘기가 전부일 테니,
대니도 자기한테 친구 같은 해군 아저씨가 있는 것처럼 말해버린
겁니다. 마침 수업 종이 울려 말싸움은 거기서 끝났습니다.
팬터마임[3]이 한창 인기를 끌던 크리스마스 휴일 뒤의 일이었지요.

하지만 오 툴 씨가 고양이와 국왕을 언급한 그날은
크리스마스나 팬터마임과는 거리가 먼 여름이었습니다. 아이들이
여름 방학 때 어디로 갈 건지, 어디에 가고 싶은지, 혹은 작년엔
어딜 갔었는지 이야기꽃을 피우는 때였습니다. 건널목에서
대니는 길 양쪽을 조심조심 살펴보다가, 아무것도 없을 때 얼른
건너 라치그로브 학교 운동장으로 들어갔습니다. 마침 대니네
아빠가 고양이 이야기를 꺼낸 날, 재미나게도 메이지 보닝턴이
새끼 고양이를 안고 학교에 왔습니다. 아이들은 메이지 주위에
몰려들어 목에 보랏빛 리본을 맨 새끼 고양이를 만져보려고
했습니다. 고양이는 연회색 바탕에 검은 무늬를 가졌고, 파란 눈이
겁에 질려 있었습니다. 아이들이 어루만지자 메이지의 겨드랑이에
코를 박으며 자꾸 숨으려 했지요.
"친칠라 고양이야."
메이지가 자랑스레 말했습니다.
"나도 보여줘!"
대니 오 툴이 말했습니다.
"대니한테 보여줘!"

앨버트 브릭스가 흉내 내며 따라 했습니다.

"친칠라 고양이를 한 번도 보지 못했을 거야. 코네마라에는 친칠라 고양이가 없으니까."

"대신 다른 것들이 있어."

대니가 힘주어 말했습니다.

"뭐가 있는데?"

"말 안 해줄 거야."

"모르니까 그러겠지."

앨버트 브릭스가 비웃었습니다. 그건 사실이었습니다. 대니는 정보를 더 모으기 전까진 적당히 얼버무리기로 했습니다.

"내일 말해줄게."

"그렇게 못할걸?"

"할 수 있어."

"못해. 왜냐하면…"

앨버트는 의기양양하게 소리쳤습니다.

"코니—오니—마라— 같은 곳은 없으니까!"

아이들이 재밌다고 와르르 웃음을 터뜨리자 데일리 선생님이 무슨 일인가 싶어 문가로 나왔습니다. 데일리 선생님은 1학년을 처음 맡은 젊고 예쁜 선생님인데 인기도 많았습니다. 그녀는 아이들을 향해 손뼉을 쳤습니다.

"자, 다들 이리 오렴. 뭐가 그렇게 재밌니? 메이지, 지금 안고 있는 게 뭐니?"

"친칠라 고양이요, 선생님. 어젯밤에 준 거예요."

"받은 거예요 라고 해야지, 메이지. 참 귀엽구나. 하지만 알다시피 고양이를 학교에 데려오면 안 된단다."

"아, 선생님!"

데일리 선생님은 고개를 저었습니다.

"이 꼬마는 아직 학교 다닐 나이가 아니거든."

그러자 아이들이 키득키득 웃었습니다.

"고양이를 편안하게 해주고 우유도 좀 주자꾸나. 이리 오렴, 자그만 꼬마야."

데일리 선생님은 그 보드랍고 복슬복슬한 연회색 공 뭉치를 턱 밑으로 끌어당겨 안았습니다.

"이런, 시간 좀 봐! 다들 교실로 들어와라, 어서!"

"호, 혹시 고양이가 밖에 나가서 길을 잃으면 어떡해요?"

메이지가 떨리는 목소리로 물었습니다.

"그럴 일 없을 거야. 선생님이 약속할게. 점심시간에 네가 집에 데려다 놓으렴."

그날 아침 수업 때는 다들 친칠라 고양이 생각이 머릿속에 떠다녔습니다. 메이지 보닝턴은 고양이 주인이라는 자랑거리를 얻었고, 고양이를 만져보고 싶은 친구들은 메이지에게 잘 보이려고 애쓰며 부러워했습니다.

그날 저녁 식사 시간에 대니는 아빠에게 물었습니다.

"코네마라에는 뭐가 있어요, 아빠?"

"코네마라에는 아일랜드에서 가장 푸른 언덕과 가장 새카만 늪, 유리처럼 맑아서 지나가는 구름까지 비치는 호수가 있지."

"새끼 고양이도 있나요? 그걸 알고 싶어서요."

"가보면 다 안다. 기다려봐라."

"그게 언젠데요?"

"언젠가는."

오 툴 씨는 차에 설탕을 넣었습니다.

"나중에 아빠가 태어난 할아버지네 농장에 같이 가자꾸나."

그건 늘 입버릇처럼 되풀이되는 약속이었습니다. 대니는 갑자기 한 번도 가보지 못한 그 농장이 궁금해졌습니다.

"거기에 고양이랑 새끼 고양이도 있나요?"

"있다 뿐이겠니? 새끼 고양이 때문에 발 디딜 틈도 없다."

"전부 아빠 건가요?"

"내가 갖고 싶다면 그렇겠지. 하지만 뭣 하러, 나한텐 당나귀가 있는데."

"당나귀?"

"배꽃처럼 새하얀 색이지."

"당나귀!"

"두 눈은 루비처럼 빨갛고." (이때 "테렌스!" 하고 오 툴 부인이 소리쳤습니다.)

대니가 말했습니다.

"메이지의 친칠라 고양이는 눈이 파란색이에요. 그 애가 오늘 학교에 자기 새끼 고양이를 데려왔거든요."

"그랬니?"

오 툴 씨는 그의 차에 무심히 설탕을 넣었습니다. 하지만 곁눈질로 대니의 아랫입술이 떨리는 것을 슬쩍 보았지요.

"앨버트가 코네마라엔 친칠라 고양이가 없다 그랬어요."

오 툴 씨는 차를 휘저었습니다.

"앨버트 브릭스한테 내 안부 인사를 전하면서 코네마라에 네 당나귀가 있다는 것도 말해줘라."

"제 거요?"

"그럼 누구 거겠니? 방금 네게 줬잖아."

"나한테…"

대니가 숨을 들이켰습니다.

"당나귀가 생기다니!"

"네 당나귀지."

오 툴 씨는 자리에서 일어났습니다. 코로네이션 극장으로 돌아갈 시간이었거든요. 모퉁이 두 번만 돌면 되는 위치였기에 그는 집에 들러서 저녁을 먹고 차를 마실 수 있었습니다. 대니가 뒤쫓아 거리로 따라 나갔습니다.

"당나귀가 얼마나 큰가요, 아빠?"

"이만하다. 딱 너 같은 남자아이한테 맞는 크기야."

오 툴 씨는 허공에 손으로 크기를 그려 보였습니다.

"당나귀를 볼 수 있나요?"

"언젠가는."

"등에 올라타도 되나요?"

"당연하지!"

"빨리 달릴까요?"

"동서남북 바람을 합친 것만큼이나 빠르단다."

"안장도 있나요?"

"하늘색 벨벳 천에 은빛 손잡이가 별처럼 달렸지. 이제 그만 돌아가렴. 엄마는 네가 두 번이나 건널목을 건너길 원치 않을 거다."

"고삐는요?"

"새빨간 가죽끈이란다."

오 툴 씨가 길을 반쯤 건너며 큰 소리로 대답했습니다.

"아빠, 아빠!"

오 툴 씨는 길을 다 건너가서 멈춰 섰습니다.

"그 당나귀 이름이 뭐예요?"

"이름은 말이지."

오 툴 씨가 외쳤습니다.

"피니간 오 플라나간이란다. 이제 바로 집으로 돌아가렴."

대니가 발갛게 달아오른 뺨에 눈을 반짝이며 춤추듯 집에 돌아오니 오 툴 부인이 말했습니다.

"어디 좀 보자. 목이 아픈 건 아니지?"

그러고는 대니한테 혹시 열이 나는지 걱정스럽게
살펴보았습니다.

"피니간 오 플라나간!"

대니가 외쳤습니다. 오 툴 부인은 하마터면 그게 열에 들뜬
헛소리인 줄 착각할 뻔했습니다.

"제 당나귀 이름이 피니간 오 플라나간이래요, 엄마!"

"오, 그래? 잘 됐구나!"

엄마는 그만 웃음을 터뜨렸습니다. 대니도 자기 아빠의
헛소리에 물이 들어서 그런 것이려니 했습니다.

"올라가서 자거라. 기도하는 것 잊지 말고."

대니는 잠자리에 들면서도 당나귀 생각뿐이었습니다. 기도는
처음부터 끝까지 피니간 오 플라나간에 대한 것이었고요.

이튿날 아침 대니는 숨도 쉬지 않고 학교로 뛰어가, 교실로 가던
앨버트 브릭스를 복도에서 간신히 붙들 수 있었습니다.

"코네마라엔 당나귀들이 있대."

"무슨 소리야?"

"한 마리는 내 거고."

"무슨 소리냐니까?"

"당나귀 말이야. 내가 당나귀를 갖고 있다고. 그건 피니간…"

그 순간 수업 종이 울려 둘을 갈라 놓았지만, 아침 휴식 시간이
되기도 전에 아이들 열댓 명은 대니 오 툴이 코네마라에 있는

당나귀의 주인이란 걸 알게 되었습니다. 어쨌든 대니 말로는
그랬지요. 하지만 코네마라라는 곳이 없다면 어떻게 거기 사는
당나귀가 있겠어요? 아이들의 이 질문이 운동장에서 대니를
몰아세웠습니다. 대니는 마음속으로 자기가 아는 증거들을
모았습니다.

"그 당나귀는 하늘색 안장을 갖고 있어."

"와아!"

대니 말을 믿는 아이들이 감탄했습니다.

"고삐는 새빨갛고 은빛 손잡이가 달렸어."

"우우!"

대니 말을 믿지 않는 아이들이 비웃었습니다.

"아주 하얀 당나귀야."

"하얀 당나귀 같은 건 없어."

앨버트 브릭스가 단언했습니다.

"있어! 눈은 루비색이야. 이름은 피니간 오 플라나간이고."

"피니간 오 플라나간?"

앨버트는 목소리에 조롱을 가득 담아 빈정댔습니다.

"대포는 해군들한테나 가서 쏴라."

믿지 않는 아이들이 훨씬 더 많았습니다. 그들은 운동장을
뛰어다니며 우스꽝스러운 구절을 지어 불렀습니다.

피니간 오 플라나간!

루비색 눈을 가진 하얀 당나귀라네.

해군들도 그딴 소린 안 믿을 거다.

학교 시인을 자처하는 아이는 영감이 떠올랐다는 듯 '대니가 돌았네. 당나귀도 돌았겠지!'라는 시를 지어 떠들어댔습니다. 그러자 온 학교 아이들이 한목소리로 따라 불렀습니다.

대니가 돌았네. 당나귀[4]도 돌았겠지!

수업이 다시 시작될 때까지 노래는 계속됐습니다. 대니는 교실 맨 앞줄 선생님 바로 앞에서 남몰래 콧물을 닦으려고 했습니다. 손등으로 말예요.

"손수건으로, 대니!"

데일리 선생님이 미소 지으며 말했습니다. 대니는 손수건을 꺼내 코를 풀면서 눈물도 살짝 닦으려고 애썼습니다. 선생님의 맑고 푸른 눈동자 앞에서 상처받은 마음을 숨기는 건 쉽지 않았습니다. 코를 세게 푸는 건 부끄럽지 않지만, 눈물을 닦는 건 좀 다르지요. 데일리 선생님은 기운 내라는 듯 웃어주고 수업을 계속하면서 대니가 무엇 때문에 속상했는지 궁금해했습니다. 데일리 선생님은 개인적으로 대니를 꽤 아꼈지만 그걸 겉으로 티를 내선 안 되는 법입니다. 그리고 아이들이 스무 명이나 모여 있으면, 하나쯤은 울 수도 있는 거니까요.

점심시간에 선생님은 손짓으로 대니를 불러 옷의 단춧구멍에
초록빛이 도는 작은 뭔가를 끼워주었습니다.

"행운을 부르는 클로버[5]란다, 대니."

그 풀잎은 오늘 아침 그녀가 바다 건너 우편으로 받은 거였죠.

"고맙습니다, 선생님. 근데…"

"왜 그러니, 대니?"

"하얀 당나귀를 보신 적 있나요?"

"하얀 당나귀! 어디서?"

"하얀 당나귀 같은 건 없나요, 선생님?"

"그야 있기는 해. 하지만 실제로 본 적은 없단다, 대니. 그런
당나귀는 무척 희귀하거든, 알다시피."

"희귀하다는 게 뭔가요?"

대니가 물었습니다.

"특별하다는 거야."

데일리 선생님이 말했습니다. 대니는 든든한 초록빛 행운의
클로버를 믿고 운동장으로 성큼성큼 걸어갔습니다. 그러고는
앨버트 브릭스 옆을 지나면서 외쳤습니다.

"하얀 당나귀는 특별하대. 데일리 선생님이 그러셨어. 피니간 오
플라나간은 특별해. 내 말 들려?"

다음 날 대니는 아이들에게 알려줄 특별한 소식을 더
가져왔습니다.

"발굽이 황금처럼 반짝여. 꼬리엔 장미꽃을 달고 있고."

"와아!"

"우우!"

그때부터 매일 밤 대니네 아빠한테서 나온 새로운 뉴스가 학교로 밀려왔습니다. 대니의 지지파와 반대파가 전부 모여, 경주에 참가한 피니간 오 플라나간이 다른 망아지들을 일곱 바퀴나 따돌리며 우승했다는 이야기를 들었습니다. 시골길에서 날뛰는 황소를 만났을 땐, 황소가 도망갈 때까지 울부짖어 골웨이[6] 지방 공주님의 목숨을 구하고 시장님에게 훈장을 받았다는군요. '히-호' 하고 울부짖는 소리가 얼마나 컸는지, 밴시[7]들도 무서워서 코네마라를 떠났다고 합니다.

피니간 오 플라나간은 사자처럼 용감하고 비둘기처럼 온순하며 늙은 올빼미처럼 현명한 당나귀였습니다. 잠든 아기를 등에 태운 채로 10마일을 가도 아기가 깨지 않았지만, 정직한 사람 스무 명 중에 악당 하나가 끼어 있으면 냄새로 알아차리고 악당이 등에 올라타는 순간 늪에 내동댕이친다는군요.

지지파가 '와아!' 할 때 반대파는 '우우!' 했습니다. 하지만 그게 사실이든 아니든 정말 재밌는 이야기였기 때문에, 아이들은 당나귀의 더 많은 활약상을 듣고 싶어 했습니다. 라치그로브 학교에서 피니간 오 플라나간의 존재는 설령 진짜가 아니라 하더라도 이미 전설이 된 셈이었지요.

학기 말이 다가왔습니다. 코네마라 당나귀에 대한 관심도 여름 방학을 앞둔 흥분 때문에 다소 시들해졌습니다.

"넌 어디로 가?"

"메이지, 넌 어디로 가는데?"

"넌 어디 안 가, 앨버트?"

"사우스엔드에 가. 2주 동안."

데일리 선생님이 글자 연습장을 팔에 가득 안고 지나가다 큰 소리로 말했습니다.

"앨버트는 참 좋겠구나!"

"선생님은 어디로 가세요?"

"발리나힌치!"

그렇게 대답하고 데일리 선생님은 걸음을 재촉했습니다. 아이들이 대니에게도 어디로 갈 거냐고 캐묻자, 대니는 아무 데도 가지 않는다고 말했습니다.

"그럼 코네마라에 간다는 거네."

앨버트 브릭스가 비웃었습니다.

"왜 그런지 말해줄까? 코네마라 같은 곳은 없거든."

"나랑 해보자는 거지!"

대니는 작은 두 주먹을 꽉 쥐었습니다. 그때 놀랍게도 메이지가 말했습니다.

"닥쳐, 앨버트."

메이지는 쇼어햄에 있는 이모 집에서 방학을 보낼 거고

129

앨버트는 사우스엔드에 2주 동안이나 가 있을 텐데, 대니는!

그래서 메이지는 아이들이 재잘대며 교문을 나설 때 대니와 함께 걸으며 위로하듯 물었습니다.

"요즘 피니간은 잘 지낸대?"

대니는 마음이 풀려 금세 그 이야기에 끌려들었지요.

"한번은 아빠가 길을 잃었대. 칠흑같이 깜깜한 밤이었는데 등불이 꺼져버린 거야. 발 앞엔 온통 늪지대였고. 그런데 피니간 눈이 신호등처럼 빨갛게 빛나서, 같이 백 마일을 걸어오는 동안 길을 비춰주었대. 그때 아빠는 너무 배가 고파서 만약 피니간이 없었다면 굶어 죽…"

"산토끼를 쏴서 잡아 먹지 그랬대?"

뒤에서 앨버트가 소리쳤습니다.

"그럴 수가 없었지. 그땐 총이 없었으니까."

"왜 총이 없었는데?"

"아빠가 나만큼 어렸을 때 일이니까."

"너네 아빠가 길을 잃었을 때가?"

"그래. 그래서 피니간이…"

"지금 너네 아빠는 몇 살인데?"

앨버트 브릭스가 다그치자 대니가 쏘아붙였습니다.

"쉰두 살이다, 왜?"

"흥! 피니간은 죽었겠네, 그럼."

대니는 돌아서서 앨버트를 노려보았습니다. 앨버트는 집으로 가던 아이들을 둘러보면서 씩 웃으며 말했습니다.

"당나귀는 이십 년도 못 살아. 피니간은 죽은 당나귀라고. 대니의 당나귀 같은 건 한 번도 없었던 거야. 대니는 그냥 돌아버린 거라고."

"그러니 당나귀도 돌았겠지!"

학교 시인이 노래하듯 거들었습니다.

"대니가 돌았네. 당나귀도 돌았겠지!"

아이들이 일제히 소리쳤습니다.

그럴 리 없어, 그럴 리 없어, 절대 그럴 수는 없단 말야. 아빠는 알겠지. 대니는 다시 두 주먹을 꽉 쥐고 몸을 떨다가, 아이들의 소리가 들리지 않을 때까지 눈물을 펑펑 흘리며 집으로 뛰고 또 뛰었습니다. 건널목에서 양쪽을 살피는 것도 잊어버리고요.

이튿날 아침 메이지는 대니가 학기 마지막 날 결석하게 된 이유를 학교에 알렸습니다. 그리고 저녁 무렵, 데일리 선생님이 대니네 집으로 찾아갔습니다.

"오 툴 부인, 대니가 어떤지 보러 왔어요. 다들 무척 마음 아파하고 있답니다. 대니는…?"

"아, 선생님. 대니는 몹시 안 좋아요. 만나보시겠어요?"

하지만 대니는 데일리 선생님을 알아보지 못했습니다. 대니는 보이지 않는 누군가에게, 피니간이란 이름의 누군가에게 말하고 있는 것 같았습니다. 갑자기 대니가 데일리 선생님을 노려보더니 주먹을 쥐었습니다.

"피니간은 안 죽었어. 나랑 해보자는 거야?"

"전 이만 가보는 게 좋겠네요."

데일리 선생님이 오 툴 부인에게 속삭였습니다.

"내려오지 마세요. 나가는 문을 아니까요."

데일리 선생님이 걱정에 가득 차 아래층으로 내려오니 오 툴 씨가 복도에서 서성거리고 있었습니다. 그는 선생님을 멍하니 바라보았습니다.

"간호사이십니까?"

오 툴 씨의 말투에 섞인 고향 사투리를 알아차리고, 데일리 선생님은 대니를 처음 봤을 때처럼 대니네 아빠에게도 정이 갔습니다.

"저는 대니의 담임 선생님 키티 데일리입니다. 오 툴 씨, 피니간이 누구인가요?"

오 툴 씨는 그녀에게 모든 걸 이야기했습니다. 피니간의 꼬리에 달린 장미꽃부터 실은 피니간이 존재하지 않는다는 사실까지도요.

"아이한테 허튼소리만 잔뜩 불어넣다니 제가 바보였습니다. 하지만 대니가 그 백합처럼 하얀 당나귀 이야기를 하도 좋아해서… 계속 지어내고 말았습니다. 어둠 속에 어른거리는 불빛을 쫓아가는 사람처럼요."

오 툴 씨가 눈물을 흘렸기 때문에 데일리 선생님도 따라 울고 말았습니다. 그녀가 말했습니다.

"제가 편지할게요. 내일 고향으로 갑니다만 편지를 보내겠어요. 대니 소식을 꼭 알고 싶으니까요."

데일리 선생님은 약속대로 편지를 썼지만, 생각만큼 빨리 쓰진 못했습니다. 오랜만에 고향에 돌아오니 신경 쓸 데가 너무 많아 좀처럼 틈이 나지 않는 데다, 아일랜드 해협을 건너면 단지 영국을 떠나온 것만이 아니라 생활 자체가 바뀌게 마련이니까요. 또 한 가지, 그녀가 고향에 도착한 다음 날 프랭크라는 젊은 해군 장교가 그 마을에 온 탓도 있었습니다. 프랭크는 데일리 선생님의 오빠와 같은 배를 탔기 때문에 이전에 한 번 만난 적이 있었지요. 공교롭게도 올여름 같은 곳으로 휴가를 온 두 사람은 참 신기한 우연이라며 첫 주를 함께 보냈습니다.

프랭크는 사진 찍기가 취미여서 데일리 선생님이 마을 곳곳을 보여주면 뭐든지 다 카메라에 담았습니다. 그가 유일하게 찍지 못한 건 데일리 선생님이었는데, 그녀는 사진 촬영이 너무 어색해서 프랭크가 부탁하면 할수록 완강하게 거절했지요. 그러다 일주일째 되던 날, 두 사람이 울타리에 기대어 석탄 장수의 늙은 회색 당나귀 패디에게 엉겅퀴를 먹이고 있을 때였습니다. 문득 데일리 선생님이 외쳤습니다.

"이런, 세상에!"

"무슨 일인가요?"

프랭크가 걱정스럽게 물었습니다.

"편지를 안 썼어요!"

"누구한테요?"

"사랑스러운 대니한테요."

"대니가 누구길래요?"

프랭크가 약간 퉁명스럽게 물었지요.

"내가 귀여워하는 학생인데 교통사고를 당했거든요. 오늘 당장
써야겠어요."

사흘 뒤, 프랭크는 영국에서 날아온 답장을 받고 눈이 붓도록
울고 있는 데일리 선생님을 발견했습니다.

"키티! 맙소사, 키티. 왜 그래요?"

"대니가…"

그녀는 목이 메어 말을 잇지 못했습니다.

"설마 그 아이가 세상을…?"

"아뇨. 하지만 상태가 더 나빠져서 병원에 있는데 줄곧 울면서
피니간만 찾는대요."

"피니간?"

데일리 선생님은 프랭크에게 모두 이야기했습니다. 오 툴
씨한테서 들은 그대로 말입니다. 눈처럼 하얗고, 루비 같은
눈동자에 발굽은 금빛으로 빛나고, 꼬리엔 장미꽃을 달고 있는
코네마라 당나귀. 대니가 한 번도 보지 못한 자기 당나귀를 얼마나
사랑하는지도요.

"당연하게도 그런 당나귀는 지금도 없고 옛날에도 없었어요. 하지만 대니는 피니간이 죽었다고 우느라 아빠가 무슨 말을 해도 소용이 없대요. 내게 피니간 같은 하얀 당나귀가 있다면 정말 주고 싶어요."

데일리 선생님은 흐느끼며 말했습니다. 프랭크의 따뜻한 손길이 그녀의 손을 부드럽게 감싸 쥐는 걸 느끼고는, 한숨을 쉬며 울음을 가라앉히려 애썼습니다.

"고마워요. 가엾은 대니를 같이 걱정해줘서. 하지만 그 애는 자기 당나귀를 직접 봐야지만 좋아질 것 같아요."

"그럼 보여주면 되잖아요."

프랭크가 말했습니다. 그는 지금 데일리 선생님의 아름다운 눈동자에서 눈물을 그치게 해주고 싶다는 생각뿐이었습니다. 순간 정말로 눈물이 그쳤고, 푸른 눈동자는 깜짝 놀란 듯이 갈색 눈동자를 바라보았습니다.

"무슨 뜻인가요?"

"말 그대로예요. 곧 알게 될 겁니다."

프랭크가 말했습니다.

"내일 낮 열두 시까지 석탄 장수 마이크네 목장으로 오세요. 그리고…"

"그리고요?"

"온 마음을 다해 내일 날씨가 맑기를 기도해줘요."

데일리 선생님이 밤새도록 기도한 게 틀림없습니다. 다음 날은 그 어느 때보다 맑고 쾌청했습니다. 도저히 정오까지 기다릴 수 없어 데일리 선생님이 더 일찍 목장에 도착했을 때, 프랭크는 이미 준비를 마친 상태였습니다. 당나귀 패디도요. 아니… 정말 패디일까요? 석탄 장수 마이크가 새 당나귀를 샀나 봅니다. 햇살에 반짝이는 산꼭대기 눈처럼 새하얀 당나귀가 거기 서 있었습니다. 프랭크는 이 신기한 하얀 녀석의 꼬리에, 데일리 선생님 눈동자 같은 푸른 리본으로 커다란 분홍 장미를 묶어주던 참이었습니다.

　"피니간 오 플라나간을 소개합니다."

　프랭크가 엄숙하게 말했습니다.

　"너무 가까이 오진 말아요, 아직 덜 말랐을지도 모르니. 자, 어떤 것 같아요?"

　"오, 정말 아름다워요! 카메라는 어디 있죠?"

　데일리 선생님이 속삭이더니 그의 대답을 듣기도 전에 카메라 쪽으로 뛰어갔습니다.

　"꼭 이 오래된 까만 헛간을 배경으로 사진을 찍어야 해요. 그럼 피니간은 마치 천사처럼 보일 거예요."

　"녀석이 얌전히 있어주면 좋을 텐데. 날 두 번이나 걷어차려 했고 흰색 물감통은 벌써 걷어찼어요."

　"나를 걷어차진 않을 거예요. 우린 오랜 친구거든요. 그렇지, 꼬마 패디?"

　데일리 선생님이 당나귀를 보고 웃었습니다. 순간 프랭크가

환해진 얼굴로 말했습니다.

"완벽하군요! 패디가 얌전히 있도록 당신이 곁에 잠깐만 서 있어주면…"

"아, 말도 안 돼요! 난 사진 안 찍어요."

"딱한 대니를 기쁘게 해주는 일인데도?"

"대니가 나를 보고 싶어서 우는 게 아니잖아요."

"물론 그렇죠. 하지만 당신이 사진에 같이 나오면, 대니는 피니간도 당신처럼 살아 있다고 믿을 거예요."

그 말에 데일리 선생님은 마음이 흔들렸습니다. 프랭크에게 좋은 생각이 떠올랐습니다.

"이렇게 합시다. 당신이 당나귀 꼬리를 살짝 들어 올려서 장미꽃 향기를 맡는 거예요."

결국 데일리 선생님은 항복했습니다. 웃음 가득한 얼굴로 피니간의 꼬리를 우아하게 들어 올려 장미꽃 향기를 맡았거든요. 카메라가 찰칵 소리를 냈습니다.

"좋아요!"

프랭크가 외쳤습니다.

"혹시 모르니 한 장 더 찍을게요."

카메라가 다시 찰칵 소리를 냈습니다.

"둘 중에 잘 나온 사진을 큼지막하게 뽑아서 우편으로 보냅시다."

키티 데일리 선생님이 외쳤습니다.

"아, 당신을 안아줄 수도 있을 것 같아요!"

"안 될 거 있나요?"

프랭크가 말했습니다. 그는 꼬리에 장미꽃을 단 코네마라 당나귀 사진을 두 장 다 크게 뽑아달라고 주문했답니다.

라치그로브 학교의 가을 학기가 시작된 날, 대니 오 툴은 등교하지 않았습니다. 하지만 학기 중간에 이르자 학교에 나올 수 있을 만큼 건강해졌지요. 대니가 곧 돌아온다는 소문이 쫙 퍼졌습니다. 미리 대니네 집을 방문했던 데일리 선생님은 대니가 학교에 무엇을 가지고 올지 알고 있었지요. 대니는 납작한 갈색 소포를 옆구리에 소중하게 끼고 나타났습니다. 소포를 책상에 내려놓는 동안 데일리 선생님은 그 뒤를 서성였습니다.

"그게 뭐야?"

앨버트 브릭스가 보자마자 물었습니다.

"내 당나귀야. 피니간 오 플라나간."

대니가 말했습니다.

아이들이 우르르 몰려들어 대니를 빙 둘러쌌습니다. 대니가 포장지를 뜯고 빳빳한 큰 봉투를 열자 그 안에서 배꽃처럼, 산봉우리에 쌓인 눈처럼, 아니 흰색 물감처럼 새하얀 당나귀가 찍힌 커다란 사진이 나왔습니다. 아이들은 놀라서 숨을 들이켰습니다. 검은 헛간을 등지고 서 있어서 천사 같은 당나귀가 더욱 눈부시게 두드러졌습니다. 두 눈은 새빨갛고 발굽은 야광 페인트를 칠한 것마냥 금빛으로 빛났습니다. 마지막까지 의심하던 아이들도 피니간 뒤에 데일리 선생님이 서 있는 모습을 보고는 입을 다물었습니다. 선생님이 당나귀 꼬리에 달린 장미꽃 향기를 맡으며, 목장 풀밭을 뛰노는 장난꾸러기 햇살처럼 환하게 웃고 있었거든요.

"우와!"

믿었던 아이들도, 믿지 않았던 아이들도 모두 숨을 몰아쉬었습니다.

"데일리 선생님이잖아!"

메이지 보닝턴이 선생님을 애타게 불렀습니다.

"선생님! 선생님이 사진에 찍혀 있어요."

"맞아, 분명히 나야."

"그럼 저건, 저건 진짜로 피니간이에요?"

"당연하지 않겠니? 피니간 오 플라나간 같은 당나귀는 다른 데는 없으니까."

데일리 선생님은 오 툴 씨가 한 것보다 훨씬 놀랍고 그럴듯한 이야기를 들려주기 시작했습니다. 먼젓번 이야기는 50년 전 일이지만, 데일리 선생님은 바로 지난달 당나귀를 직접 보았으니 더 생생하고 아름다운 이야기가 흘러나왔습니다. 흥분해서 듣고 있는 아이들 사이에서 앨버트 브릭스는 쓸쓸해졌습니다. 그러다 데일리 선생님이 잠깐 말을 멈출 때 끼어들었지요.

"선생님."

"왜 그러니, 앨버트?"

"대니는 자기 당나귀가 코네마라에 있다고 했거든요."

"맞아. 그리고 정말로 있지!"

대니가 딱 부러지게 말했습니다.

"하지만 선생님은 발리나힌치에 간다고 하셨잖아요."

"이런, 말하는 걸 깜빡했구나! 발리나힌치가 바로 코네마라의 다른 이름이란다."

데일리 선생님이 웃음을 터뜨렸습니다.

"정말로 코네마라라는 곳이 있나요?"

메이지가 물었습니다.

"음, 나로선 있다고 할 수밖에! 내가 거기서 태어났는걸?"

앨버트는 전부를 걸었던 내기에서 졌다는 것을 깨달았습니다. 라치그로브 학교 모든 아이들도 그걸 알았지요. 변덕스러운 시인은 돌아가는 상황을 보더니 이렇게 노래했습니다.

앨버트는 돌았지!
앨버트는 당나귀!

그러자 온 학교 아이들이 그 노래를 따라 불렀습니다.

대니의 승리는 그게 끝이 아니었습니다. 데일리 선생님은 아일랜드에서 돌아오면서 지금까지 못 보던 반지를 왼손에 끼고 있었는데, 어느 날 해군 장교가 학교로 데일리 선생님을 찾아온 것이었습니다. 무려 해군 중위가 말예요. 해군 장교는 교무실에서 여자 선생님들과 이야기를 나누다가 내려왔습니다. 아이들을 만나보고 싶다면서 말입니다.

아이들이 우르르 몰려와 해군 장교를 둘러싸고 가까이 다가가려 했고, 몇몇 용감한 아이들은 그의 제복을 만져보기도 했습니다. 그가 들려준 피니간 오 플라나간 이야기는 정말이지 굉장했습니다! 오 툴 씨와 데일리 선생님의 이야기를 합친 것보다도 훨씬 더요. 이제 보니 해군들은 대포만 잘 쏘는 게 아니라 이야기도 엄청나게 잘하는 것 같았습니다.

다만 한 가지, 아이들을 다소 슬프게 만든 일이 있었습니다. 데일리 선생님이 다음 학기부터는 아일랜드로 돌아가 더 이상 라치그로브 학교에서 가르치지 않는다는 소식이었지요.

"너희들 대신 이제 나를 가르치신다는구나. 혼자서 수업을 들어야 하다니 참 무섭지 않니? 잠깐 딴짓을 할 수도 없을 테니 말이다."

해군 장교는 끄응 신음소리를 내며 투덜거렸습니다. 아이들이 와르르 웃음을 터뜨렸지만 메이지 보닝턴은 친절하게 그를 안심시켰습니다.

"데일리 선생님은 무척 상냥한 분이에요, 아저씨. 한 번도 무섭게 화내지 않으셨어요."

"그렇다면 좀 안심이 되는구나."

해군 장교가 말했습니다. 그러고는 아이들에게 올겨울 크리스마스 선물로 코로네이션 극장에서 공연하는 연극을 보여주기로 약속했습니다. 1월 어느 토요일에 데일리 선생님과 다 함께 가기로 말예요.

그는 약속을 지켰습니다. 코로네이션 극장에서 본 『알라딘』은 상상 이상으로 재밌었습니다. 하지만 알라딘이 동굴에서 발견한 번쩍이는 온갖 보물들보다 더욱 생생하게, 앨버트 브릭스의 마음에 남은 것이 있었습니다. 바로 아이들을 자리로 안내해준, 몸집은 작지만 대단해 보이는 남자의 외투에 달린 금단추였습니다. 대니를 본 작은 남자는 엄숙하게 윙크했고, 대니도 지나가면서 "안녕, 아빠!" 하고 나직하게 속삭였습니다. 그 작은 남자는 대니 오 툴의 아빠였고, 외투 앞자락엔 정말 금단추가 달려 있었으니까요.

---

1 **라치그로브** 영국 북부 스코틀랜드 글래스고에 있는 거리.
2 **딕 위딩턴** 영국 동화 <딕 위딩턴과 그의 고양이>의 주인공. 쥐가 돌아다니는 다락방에 살던 고아 소년 딕이, 어느 날 고양이를 만나 함께 배를 타고 모험하는 이야기.
3 **팬터마임** 배우가 대사 없이 몸짓과 표정만으로 보여주는 연극
4 **당나귀** 영미권에서 '당나귀(donkey)'는 '멍청이'라는 뜻도 있다.
5 **클로버** 아일랜드는 12세기부터 두 차례 영국에 지배당한 나라로, 8백 년 넘게 독립을 위해 치열히 싸웠다. 성 패트릭을 기리는 클로버를 옷에 새기고 초록 깃발을 들며 저항해, 클로버는 아일랜드를 상징하는 풀잎이 되었다.
6 **골웨이** 아일랜드 서쪽에 있는 코노트 지방.
7 **밴시** 아일랜드, 스코틀랜드 민담에 등장하는 요정. 곧 죽을 사람 근처에 나타나 구슬피 우는데, 그 사람의 인망이 높을수록 더 많은 밴시들이 찾아와 울어준다고 한다.

이름 없는 꽃

THE FLOWER WITHOUT A NAME

시골 농가의 딸 크리스티는 정원 너머로 펼쳐진 초원에 나가 꽃을 하나 꺾었습니다. 오래전 어느 날의 일이었지요. 그렇다고 까마득한 옛날까지는 아니고요.

크리스티는 꽃을 손에 들고 기쁘게 어머니에게 달려갔습니다. 어머니는 정원에서 둥근 쿠션 모양으로 심어 놓은 분홍 패랭이 꽃밭에 물을 주고 있었어요.

"어머니!"

크리스티가 외쳤습니다.

"제가 찾은 아름다운 꽃을 보세요!"

크리스티의 어머니는 딸이 내미는 것을 외면할 정도로 바쁘진 않았습니다. 그래서 물을 담은 항아리를 내려놓고 꽃을 받아 살펴보았지요.

"무척 예쁜 꽃이로구나!"

"정말 그렇죠? 이 꽃 이름이 뭔가요?"

"글쎄다."

어머니는 고민했습니다.

"이 꽃은… 그러니까… 이런 세상에, 나도 잘 모르겠구나.
아버지께 물어보렴."

크리스티는 시골집 울타리를 고치는 아버지에게 달려가 꽃을
보여주었습니다.

"이 꽃 이름이 뭔가요, 아버지?"

"어디 보자."

농부가 망치를 내려놓으며 말했습니다. 그는 일이 분 정도 꽃을
들여다보더니 이내 머리를 긁적였습니다.

"이런, 이런! 내가 이 꽃을 알았다 해도 지금은 잊어버린
모양이다. 하지만 내게 맡겨라. 두더지 덫 문제로 영주님의
관리인을 만나야 하니 그때 물어보마. 그 사람이 식물을 아주 잘
알거든."

농부가 영주의 관리인을 만나 이야기하던 날, 꽃을 보여주며
물었습니다.

"이 꽃 이름이 뭔가요?"

관리인은 꽃을 살펴보고 냄새도 맡아보았습니다. 한참 생각에
잠겼지만 마침내 고개를 저었습니다.

"이런 건 처음 보는데. 숲에도, 들판에도, 늪지에도,
산울타리에도 없었던 식물이야. 전혀 모르겠군. 마침 영주님의

장원에 올라가려던 참이니, 가져가서 영주님 밑에서 일하는 사무관한테 물어보겠네. 그 친구는 젊고 똑똑한 데다 책을 얼마나 많이 읽는지 늘 안경을 쓰고 다니니까."

　과연 그 사무관은 웬만한 것들은 죄다 알았고, 꽃에 대해서도 예외가 아니었습니다. 영주의 대저택에 있는 커다란 서재에서 꽃에 관한 책도 빠짐없이 읽었으니까요. 그래서 관리인이 꽃 이름을 알고 싶다고 하자, 그는 보여주기만 하면 바로 알려주겠다고 장담했습니다. 하지만 막상 보고 나더니 방금 한 말을 취소해야만 했지요.

　"참 기묘한 일이네요!"

　영주의 사무관이 말했습니다.

　"저는 세상 모든 꽃 이름을 압니다. 학명은 물론, 지역에 따라 다르게 부르는 별칭까지도요. 그런데 이 꽃 이름만은 모르겠군요. 제게 맡겨 놓고 가시면, 한번 알아보겠습니다."

　그래서 관리인은 그에게 꽃을 맡기고 떠났습니다.

　사무관은 꽃을 눌러서 잘 말린 다음, 이 문제에 관해 조사하느라 꼬박 일 년을 보냈습니다. 왕국에서 가장 현명한 학자들에게 편지를 써서 수많은 질문도 보냈지요. 소문을 들은 바다 건너 외국의 현자들까지, 꽃에 얽힌 수수께끼를 해결하기 위해 모든 지혜를 동원했습니다.

　그러나 결국 누구도 알아내지는 못했습니다.

열두 달이 흐른 뒤, 성을 찾아온 관리인에게 영주의 사무관이
말했습니다.

"그때 갖고 오셨던 꽃은 전혀 이름이 없다는군요."

"무슨 꽃을 말하는 거요?"

꽃에 대해 까맣게 잊은 관리인이 물었습니다. 사무관은 지난해
일을 상기시키고 다시 말했습니다.

"세계에서 가장 현명한 학자들이 모여 앉아 내린 결론입니다.
아시다시피 신께서 세상을 창조했을 때, 아담이 모든 꽃에게
이름을 붙여주었죠. 하지만 그 꽃만은 에덴동산에서 이름을
받지 못했던 겁니다. 창조 후 잊힌 게 분명해요. 아담이 짓지
않았으니 이름이 있을 리 없고, 결국 현자들은 논의 끝에 그 꽃을
완전히 없애버렸습니다. 이 세상 어떤 것이 이름 없이 존재할 수
있겠습니까?"

"뭐라고 말해야 할지 모르겠지만…"

관리인이 대답했습니다.

"그 말이 맞는 것 같구려."

얼마 후, 관리인은 농부를 만나 그 소식을 전했습니다.

"자네 꽃은 어떤 이름도 없다는군그래."

"꽃이라니요?"

그새 까맣게 잊은 농부가 물었습니다. 관리인은 지난 일을
상기시키고, 현자들이 꽃을 없애버렸다고 덧붙였습니다.

"글쎄요… 뭐, 나쁠 건 없겠지요."

농부가 말했습니다.

그날 밤, 저녁 식사를 하며 그는 어린 딸에게 전했습니다.

"너의 꽃은 이름이 없다는구나."

"그렇지만 저의 꽃은 지금 어디 있나요?"

크리스티가 물었습니다.

"현자들이 없애버렸단다."

저녁 식탁에서 더 이상의 대화는 없었습니다.

그날 이후, 그런 꽃이 있었다는 사실을 모두가 까맣게 잊었습니다. 오직 크리스티만 제외하고요.

크리스티는 평생 그 꽃을 기억했습니다. 세월 흘러 머리카락이 하얀 할머니가 되어서도, 가끔 사람들에게 말하곤 했지요.

"내가 어렸을 때 참 예쁜 꽃을 하나 찾았지."

그들이 크리스티에게 무슨 꽃이냐고 물어보면 조용히 웃으면서 대답했답니다.

"신께서만 아신다네. 그 꽃은 이름이 없었으니까."

샌 페리 앤

SAN FAIRY ANN

1

　캐시 굿맨은 마을 들판 모퉁이 바이닝 부인의 집 앞뜰에서 완두콩을 따고 있었습니다. 그 일을 끔찍이 싫어하는 것처럼 거친 손길로 완두콩을 툭툭 골라냈지요. 사실 이 마을로 피난 온 지난 4년 내내 캐시는 늘 어둡게 얼굴을 찌푸리고 지냈습니다. 안타깝게도, 가만히 바라보면 참 귀여운 인상이었는데 말입니다.

　늙은 바이닝 부인은 자기 집 창문 가에 앉아 바깥을 내다보고 있었습니다. 부인은 다리가 좋지 않아 하루 대부분을 들판에 무슨 일이 일어나는지 구경하며 보냈습니다. 지금은 캐시를 보는 중이었는데, 소녀가 완두콩을 따는 동안 많이 먹지나 않는지 감시하기 위해서였지요. 또 저만치 들판 연못가에서 마을 의사의 아내인 레인 부인과 학교 선생님 반스 양이 연못 속을 들여다보는 모습도 지켜보았습니다.

　반스 선생님은 이렇게 말하고 있었습니다.

　"정말 보기 역겨운 연못이에요!"

"냄새도 지독하네요. 오, 몽듀(세상에)!"

레인 부인도 작은 코를 꽉 틀어쥐며 말했습니다.

리틀 에그햄 마을 의사 레인 씨는 부인과 일 년 전 런던에서 결혼했습니다. 마을 사람들 모두가 레인 씨를 좋아하는 터라 그의 프랑스인 아내에 대해서도 궁금해했습니다. 평범할까, 예쁠까? 그녀는 예뻤습니다. 명랑할까, 쌀쌀맞을까? 그녀는 명랑했습니다. 젊었을까, 늙었을까? 어느 쪽도 아니었습니다. 레인 부인은 서른다섯 살이니 생각하기 나름이지요. 레인 씨는 마흔네 살이고 그 시절엔 나름 잘 어울리는 나이라고 생각했답니다.

얼마 지나지 않아 마을 사람들은 의사 선생님 못지않게 부인도 좋아하게 되었는데, 부인이 무척 재미있었기 때문입니다. 그녀는 활기차고 친절하고 알뜰했고, 사람이든 물건이든 모든 것에 관심이 많았습니다. 그녀의 옷은 수수하지만 마을 사람들 옷과는 어딘가 달랐기에, 부인이 거리를 걷는 모습을 보면 어쩐지 즐거워졌습니다. 게다가 부인의 요리는 뭐랄까… 남들과 똑같은 식량을 배급받으면서도, 전혀 다른 음식을 만들어 냈습니다. 교구 목사 플레처 씨는 레인 부인이 양배추와 송아지 고기 1파운드로 만든 요리를 먹어보면 누구나 깜짝 놀랄 거라며 감탄하기도 했지요.

물론 부인의 말투는 그들과 달랐지만, 지난 전쟁 직후 영국에 왔기 때문에 외국인치고는 꽤 유창한 편이었습니다. 부인의 생각이나 행동 방식이 리틀 에그햄 토박이들과 여러모로 차이

나도, 이웃 사람들은 그녀를 좋아했습니다. 의사의 아내가 온 지난 열두 달 동안 다들 사는 재미가 더 생긴 기분이었어요. 그녀는 항상 뭔가 일을 벌였거든요. 그래서 지금 바이닝 부인도 자기 집 레이스 커튼 사이로 내다보며 '이번엔 또 무슨 일을 하려는 거지?' 궁금해했습니다.

"이 연못을 청소한 지 얼마나 됐나요?"

레인 부인은 이렇게 말하고 있었습니다.

"1939년에 피난민들이 온 뒤로 한 번도 청소를 안 했어요."

반스 선생님이 대답했습니다.

"예전엔 우리도 늘 신경 써서, 연못이 쓰레기 더미가 되도록 내버려 두지 않았어요. 하지만 몇몇 피난민들이 함부로 하기 시작했죠. 온종일 늘어져 난간에 앉아서, 재미 삼아 손에 잡히는 건 뭐든지 연못에 던졌답니다. 물론 그 사람들도 정착한 뒤로는 이 마을을 좋아하지만요."

"캐시 굿맨은 아니지요."

레인 부인은 들판 모퉁이 집 쪽을 힐끗 쳐다보며 말했습니다. 캐시가 앞뜰에서 잔뜩 찌푸린 얼굴로 완두콩을 따고 있었습니다. 반스 선생님이 함께 그쪽을 돌아보더니 눈살을 찌푸렸습니다. 캐시 굿맨은 골칫거리였습니다. 도무지 다른 사람들과 어울리지 않았고 잘 지내려고 애쓰지도 않았거든요. 캐시는 부모님도, 돌봐주는 사람도 없는 것 같았습니다. 리틀 에그햄에 온 이후 늘 우울해서는 누군가 친절하게 도와주려 해도 거부했습니다. 반스 선생님은 아이들이 불행한 것을 싫어했지만, 캐시만은 어쩔 수 없었습니다.

"바이닝 부인 집에 맡겨진 것도 참 안 됐죠."

반스 선생님 말에 레인 부인이 물었습니다.

"맡아주는 사람을 바꿀 순 없나요?"

"누가 캐시를 맡으려 하겠어요?"

반스 선생님은 답답하다는 듯 고개를 젓더니 다시 연못을 보았습니다.

"세상에! 올해 가뭄이 오기 전까진 연못에 이렇게나 쓰레기를 던져댔다는 걸 전혀 몰랐네요."

리틀 에그햄은 심한 가뭄으로 고통받고 있었습니다. 우물은 메마르고 밭은 타들어 가고 연못은 바닥을 드러냈습니다. 오리가 놀던 연못은 점점 물이 줄어 녹색 얼룩 같은 개구리밥만 끈적끈적했고, 바싹 굳어버린 진흙 바닥엔 보기 싫은 쓰레기들이 수없이 박혀 있었지요. 연어 통조림 깡통, 정어리와 수프 깡통, 녹슨 부엌 집기들과 깨진 병들. 쇳덩이같이 딱딱한 낡은 장화 한 짝은 주름진 앞코를 진흙 속에 처박았고, 연못 한복판엔 나무 의자 다리가 고대 난파선 돛대처럼 솟아나 있었습니다.

"상태가 정말 안 좋군요!"

레인 부인이 활기차게 말했습니다.

"위생적이지 못하고 보기도 정말 흉해요! 본격적으로 여길 청소할 때가 된 거죠."

반스 선생님이 한숨을 내쉬었습니다.

"플레처 목사님한테 건의해봤지만 지금은 일손이 부족해서 남자들 중에 청소할 사람이 없다고 했어요."

"에 비엥(아, 좋아요)!".

레인 부인이 외쳤습니다.

"남자가 없으면, 여자가 있잖아요! 내가 연못을 치우겠어요."

"언제요?"

반스 선생님이 물었습니다.

"저녁 먹고 나서요."

"그럼 저도 도울게요."

"좋아요. 갈퀴와 괭이가 있어야겠군요. 반바지를 입고 긴 장화도 신어야겠어요. 저녁 먹고 여덟 시에 만나요."

"네, 여기서."

반스 선생님은 기분 좋게 웃으며 학교와 가까운 자기 집으로 돌아가고, 레인 부인도 들판이 내려다보이는 언덕의 아담하고 하얀 집으로 돌아갔습니다. 뭔가 목표에 가득 찬 사람들처럼 둘이 유쾌하게 걸어가자, 바이닝 부인은 또다시 "대체 무슨 일을 하려는 거지?" 중얼거렸습니다. 창문으로 고개를 내밀더니 캐시에게 물었지요.

"레인 부인이 연못가에서 뭘 하고 있더냐?"

캐시는 대답하지 않았습니다. 화가 난 바이닝 부인이

비꼬았습니다.

"넌 입 안에 혀가 없니?"

그러자 캐시가 입에서 혀를 쏙 내밀었습니다.

"저런! 완두콩이나 계속 따라!"

바이닝 부인이 버럭 소리치고는 혼잣말로 투덜거렸습니다.

"누가 보면 연못에서 보물이라도 찾는 줄 알겠네."

캐시는 울지 않으려고 완두콩을 입에 억지로 밀어 넣었습니다.
보물! 오직 캐시만이 연못 속에 어떤 보물이 있는지 알고
있었습니다. 아, 캐시가 그 연못을 얼마나 증오했는지! 바로
그게 캐시가 4년 동안이나 우울하게 얼굴을 찌푸리고 지낸
이유였으니까요.

2

연못 속의 보물은 '샌 페리 앤'이었습니다. 샌 페리 앤은 연못
한가운데, 부서진 의자 아래 진흙 속에 누워 있었습니다. 의자가
가슴을 짓눌러서 샌 페리 앤은 다시 햇빛을 볼 거란 희망을 한참
전에 버렸습니다. 이미 4년 가까이 빛을 보지 못했습니다. 파랗고
하얀 줄무늬에 장미 꽃봉오리가 수놓인 오래된 비단옷도 분명 다
망가졌을 겁니다. 톱밥으로 만든 몸통은 슬프게도 축 늘어진 채
흠뻑 젖어버렸고요.

샌 페리 앤은 아직 얼굴만은 괜찮기를 바랐습니다. 반짝이는
도자기 얼굴과 분홍빛 뺨, 윤기 나는 까만 도자기 머리카락과
크고 푸른 눈동자, 조그만 장밋빛 입술. 그렇습니다. 샌 페리 앤은
아주 오래전 프랑스에서 태어난 인형이었습니다. 비록 지금은
녹조가 낀 연못 바닥 진흙 속에 누워, 기억을 되새기며 살고 있지만
말예요.

샌 페리 앤은 자기 나이가 여든 살에 가까울 거라고
생각했습니다. 그러자 문득 처음 살았던 어느 귀부인의 성— 작은
탑과 마른 해자[1] 위에 놓인 다리, 장미 정원, 복숭아들이 햇볕에
익어가던 그곳이 떠올랐습니다. 귀부인은 비단 조각과 색색
비단실, 훌륭한 레이스 주름 장식이 흩어진 탁자에서 바느질을
했습니다. 샌 페리 앤은 아무것도 입지 않은 채 아름다운 옷들
사이에 누워 있었어요. 귀부인이 소매에 레이스 주름이 달린
파랗고 흰 줄무늬 침실복을 마무리하고 나니, 레이스 한 조각과
비단 헝겊이 조금 남았습니다.

"이걸로 셀레스틴의 인형 옷을 만들면 딱 좋겠구나."

귀부인은 솜씨 좋게 헝겊을 마름질하고, 섬세한 바느질로
레이스 속치마와 비단 드레스를 만들었습니다.

다음 날 인형은 그날 생일을 맞은 귀부인의 어린 딸에게 선물로
안겨졌습니다. 일곱 살이던 어린 딸은 자기와 같은 셀레스틴이란
이름을 인형에게 붙여주었습니다. 다른 어떤 장난감보다도 그
인형을 좋아하며 몹시 소중하게 대했고, 세월이 흘러 똑같이

셀레스틴이란 딸이 태어나자 인형을 물려주었지요.

다시 30년이 흘러 셀레스틴이란 이름을 가진 또 다른 아이가 태어났습니다. 그 아이 역시 할머니한테서 물려받은 오래된 프랑스 인형을 소중히 여겼습니다. 인형은 언제까지나 파랗고 흰 줄무늬 드레스를 입고 성에서 살아가면서, 차례차례 태어날 여러 명의 셀레스틴에게 전해질 거라 생각했습니다. 하지만 이 세상에 영원한 일은 없다는 것을 배우는 때가 찾아왔습니다.

1차 세계 대전이 일어난 해였습니다. 성 주위에 대포가 쿵쿵 울리더니, 성벽에 구멍이 뚫리고 천장 일부도 무너져 내렸습니다. 그날 밤 어린 주인이 뛰어와 요람에서 인형을 꺼내 꼭 끌어안더니 말했습니다.

"우린 도망쳐야 해, 셀레스틴. 엄마가 서둘러야 한댔지만 너 없이는 가지 않을 거야."

아래층에서 아이의 어머니가 불렀습니다.

"빨리 오렴, 아가. 빨리!"

피와 살을 가진 어린 셀레스틴이 톱밥으로 만들어진 셀레스틴을 팔에 안고 계단을 뛰어 내려갔습니다. 쏟아질 듯 수많은 별이 떠 있던 여름밤, 꽃향기가 남아 있는 정원을 지나 해자 위 다리를 건널 때였습니다. 돌부리에 부딪친 아이가 비틀거리다 그만 인형을 떨어뜨렸고, 인형은 급히 뒤따라오던 하인의 발에 차여 해자 바닥으로 떨어졌습니다.

"셀레스틴!"

아이가 외쳤습니다.

"서둘러라!"

아이의 어머니가 소리쳤습니다.

"하지만 셀레스틴이 저 아래 떨어졌어요!"

"오, 애야. 우린 시간이 없단다…"

인형이 마지막으로 들은 것은 어린 주인의 울음소리였습니다.

얼마나 오랫동안 마른 해자에 누워 있었는지는 모릅니다. 인형의 다음 기억은 모래색 군복을 입은 사내가 낙엽에 파묻힌 인형을 집어 올려 먼지를 털어내던 장면이었습니다.

"멋지군! 우리 키치가 딱 좋아하겠어."

여전히 총소리가 울리고 성은 점점 더 구멍투성이가 되고 마침내 장미 정원이 산산이 부서졌을 때, 영국에서 온 병사 토미는 인형을 가지고 떠났습니다. 그게 프랑스에서의 마지막 기억이었지요.

다음 기억은 병사가 영국으로 돌아와 그의 집 작은 방에서 배낭에 들어 있던 인형을 꺼내는 장면이었습니다. 토미의 아내는 남편을 껴안은 채 기뻐서 울고 있었고, 작은 소녀 키치가 아빠 무릎에 올라앉아 있었습니다.

"아빠가 널 위해 프랑스에서 뭘 가져왔는지 보렴, 키치."

"와, 너무 사랑스러워요! 이름이 뭔가요?"

소녀가 감탄했습니다.

"어디 보자…."

병사는 곰곰 생각했습니다. 그는 인형 이름이 셀레스틴이란 걸 몰랐기 때문에 이렇게 대답했습니다.

"이름은 샌 페리 앤[2]이란다."

"그게 무슨 뜻인데요, 아빠?"

"다 괜찮아진다는 뜻이다. 인형이 행운의 요정이라서 네게 행복을 가져다줄 거야."

키치에게 그건 참말이지 요정 같았습니다. 이렇게 고운 얼굴과 아름다운 옷은 난생처음 보았으니까요. 근처에서 재봉사로 일하는 히긴스 양도 인형이 입은 드레스를 보고는 말했습니다.

"정말 고급스러운 비단 천을 썼네."

그러더니 속치마를 보며 또 한 번 감탄했지요.

"세상에, 이건 진짜 레이스 같은데?"

하지만 키치가 진정으로 사랑한 건 드레스나 속치마가 아니라 샌 페리 앤 그 자체였습니다. 프랑스에서 어린 주인들이 그랬듯이 영국의 키치도 인형을 소중히 대했습니다.

시간이 흘러 키치가 딸을 낳았을 때 샌 페리 앤은 새로운 어린 주인 캐시 굿맨의 것이 되었지요. 장담하건대 그 누구도, 키치도 오래전 셀레스틴들도, 캐시 굿맨만큼 샌 페리 앤을 사랑하지는 못했을 겁니다. 머지않아 두 번째 큰 전쟁이 시작되면서 캐시의 삶에는 많은 슬픈 일들이 찾아왔거든요. 캐시는 부모님 없이 혼자 남겨졌지만 친척들은 모두 아이를 받아들이지 않았습니다. 이 세상에서 캐시가 가진 것은 샌 페리 앤뿐이었고, 캐시에게 샌 페리 앤은 세상의 전부였습니다.

3

1939년 2차 세계 대전이 일어나자 전쟁의 여파가 마을을 덮쳐 캐시는 다른 아이들 틈에 섞여 피난을 떠나야 했습니다. 어른들이 여기저기 보내주는 대로 아이들은 먼 낯선 마을들로 흩어졌고, 캐시는 리틀 에그햄 늙은 바이닝 부인 집으로 보내졌습니다. 그건 사실 불운이었는데, 바이닝 부인은 이기적이고 괴팍한 데다 아이를 행복하게 해주는 데는 아무런 관심도 없었기 때문입니다. 캐시가 마을 친구라도 사귀었다면 그나마 달랐겠지만, 하필 이 마을에 온 첫날부터 고통스러운 일이 생겼던 겁니다.

리틀 에그햄에는 또래들보다 다소 지능이 떨어지는 조니라는 사내아이가 있었습니다. 조니는 다 컸는데도 학교에서 가장 어린아이들과 앉아서 수업을 받았고, 반스 선생님도 조니를 특별히 더 조심스럽고 친절하게 대했지요. 조니는 남에게 피해를 끼치지는 않았지만, 반짝이는 물건들만 보면 반해서 어쩔 줄을 몰랐습니다. 아이들이 소지품을 잃어버렸다고 투덜대면 반스 선생님은 조니를 선생님 방으로 데려가 달래듯 말했습니다.

"자, 요 다람쥐 녀석. 오늘은 다람쥐 집에 뭘 갖다 놨는지
보자꾸나."

조니는 다람쥐라고 불리면 씨익 미소 지으며 선뜻 주머니를
뒤집었습니다. 과연 그 안에는 도리 카터가 잃어버린 머리핀이
누군가의 리본과 얽혀 있고, 울타리에서 딴 장밋빛 산사나무 열매,
대체 어디서 떨어졌는지 모를 유리 단추가 있었습니다.

캐시와 피난민들이 도착한 날 아침, 마을 부인회는 그들에게
차를 대접했습니다. 혼자 돌아다니던 조니도 거기 들어와 금속
찻주전자에 얼굴을 비춰보며 어슬렁거렸지요.

"찻숟가락을 조심하세요."

반스 선생님은 환영회 일손을 거들러 온 사람들에게
속삭였습니다. 조니가 찻숟가락을 갖고 싶어 손가락이 간질간질한
것을 알고 있었거든요. 하지만 곧 조니는 찻숟가락보다 더 눈에
띄는 멋진 것을 발견했습니다. 환영회 자리 구석에 쓸쓸하게 앉아
샌 페리 앤을 끌어안은 캐시가 눈에 들어온 겁니다. 캐시는 이 낯선
마을에서 누가 자기를 선택해 집으로 데려갈까 걱정스러웠지만,
그래도 샌 페리 앤이 함께 가서 같은 침대에서 잘 수 있다는 데
위안을 얻었습니다. 언젠가는 아빠 말대로 인형이 캐시에게
행운을 가져다줄 테니까요.

조니가 다가오더니 인형의 비단 드레스를 붙잡고 말했습니다.

"그거 줘어!"

캐시는 조니를 물끄러미 응시하다 샌 페리 앤을 더욱 꼭 끌어안았습니다.

"그거 줘어어!"

캐시는 조니를 거칠게 밀면서 소리쳤습니다.

"저리 가! 가만 안 둘 거야. 썩 꺼지란 말야!"

부유한 브리지워터 귀부인이 아이들 다섯 명을 고르다가 캐시 앞에 멈췄는데, 그 모습을 보더니 그대로 지나치며 한마디 남겼습니다.

"넌 아무래도 다루기 힘들 것 같아 걱정스럽구나."

그게 사실이든 아니든 귀부인의 말은 사람들한테 깊은 인상을 남겼습니다. 결국 아무도 캐시를 원하지 않았고, 나이 든 바이닝 부인만이 일을 시킬 겸 집으로 데려갔습니다.

그날 저녁 캐시는 들판 모퉁이 바이닝 부인 집 문 앞에 서서, 샌 페리 앤에게 앞으로 함께 살게 될 새로운 마을을 보여주었습니다. 들판은 조용했고 집집마다 저녁 식사를 하는 것 같았습니다. 그때 조니가 울타리 앞에 나타나더니, 캐시 쪽을 바라보았습니다.

"그거 줘어!"

"제발 저리 가! 안 그러면 경찰을 부를 거야."

캐시는 화가 나서 말했습니다. 그러고는… 어떻게 그렇게 됐는지 도저히 이해할 수가 없었습니다. 조니가 울타리 너머로 팔을 쑥 뻗더니 캐시 품에서 샌 페리 앤을 낚아채 황급히 달아났습니다. 캐시는 정신없이 달려 나가 들판에서 조니를 쫓아다니며 "경찰을 부를 거야! 경찰을 부를 거라고!" 바락바락 악을 썼습니다.

녀석이 덜컥 겁을 집어먹은 건 그 협박 때문이었을까요? 갑자기 조니는 팔을 번쩍 들더니 샌 페리 앤을 연못 한가운데로 던져버렸습니다. 샌 페리 앤의 부드러운 비단 드레스가 잠시 물 위를 떠다녔지만, 옷과 몸통이 젖자마자 보이지 않는 곳으로 가라앉았지요.

캐시의 비명 소리에 마을 사람들이 놀라서 밖으로 나왔습니다. 조니가 들판에 누워 있고, 머리끝까지 화가 난 피난민 소녀가 조니를 마구 할퀴고 때리는 광경이 보였습니다. 그들은 아이들을 떼어 놓았습니다. 조니는 무슨 일인지 설명할 수 없었고, 캐시는 설명하지 않았습니다. 이 무정한 낯선 사람들한테 상처받은 마음을 보여주고 싶지 않았습니다.

캐시는 침묵 속에서 고통을 견디기로 결심했지만… 아! 얼마나 괴로웠는지 모릅니다. 날이 갈수록 마음의 아픔은 더 심해져 입술을 굳게 다물었습니다. 캐시는 조니를 노려보고 연못을 노려보았습니다. 캐시는 리틀 에그햄과 그 마을에 있는 모든 것들을 노려보았습니다.

그날 일은 런던에서 온 '문제아 소녀'에게 결코 좋은 출발이 아니었지요. 캐시 굿맨이 마을 아이들과 어울리지 않고 어른들에게 잘 보이려 애쓰지도 않는 까닭이 그것이었지만, 아무도 이유를 몰랐습니다.

저녁 여덟 시에도 밖은 여전히 환했습니다. 7월은 더블 서머타임[3]으로 두 시간이나 앞당겨졌으니, 아직도 세 시간은 더 밝을 겁니다. 바이닝 부인이 창밖을 내다보자 연못 주위에 아이들과 어른들이 점점 더 모여들고 있었습니다. 서로 농담하고 수다 떠는 소리가 들려오다가 간혹 환성도 터져 나왔습니다.

연못 한복판에서 소매를 걷어붙이고 면 셔츠를 반바지 속에 집어넣은 레인 부인이 고무장화를 신은 채, 층층이 쌓인 진흙을 걷어내고 있었습니다. 딱딱하게 굳은 진흙 더미를 파헤쳐 뭔가를 찾아내면 질척이는 흙을 털어내고 반스 선생님에게 건넸습니다. 아이들이 그 잡동사니들을 또 건네받아 연못 기슭에 차곡차곡 쌓아 놓으며, 내일 수레에 실어 옮기기 쉽도록 했습니다.

"전쟁 전에 만든 비스킷 깡통!"

레인 부인은 경매라도 하듯이 발표했습니다.

"정복자 윌리엄[4]이 쓰던 크리켓 공. 노아의 방주에서 썼던 찻주전자."

물건을 하나씩 건져 올릴 때마다 웃음과 박수가 터져 나왔습니다. 마치 재미있는 연극 같았거든요.

"트로이에서 온 목마!"

레인 부인이 외쳤습니다.

"그거 제 말이에요! 거기 빠졌는지 짐작도 못했어요."

바비 메이틀랜드가 외쳤습니다.

구경꾼들 맨 끄트머리에 간절한 마음으로 그 광경을 바라보는 캐시 굿맨이 서 있었습니다. 바비 메이틀랜드의 목마를 찾았으니 샌 페리 앤도 찾을 수 있을지 모르잖아요?

발굴은 계속되었습니다. 아홉 시 종이 울리자 어머니들은 아이들에게 침대로 가라고 쫓아 보내기 시작했습니다. 바이닝 부인도 캐시에게 들어오라며 고함을 질렀습니다. 캐시는 미끄러지듯 덤불 뒤로 달려가 숨어버렸습니다.

열 시가 되자 레인 부인과 반스 선생님을 제외하고는 대부분 집으로 돌아갔지요. 들판엔 커다란 쓰레기 산이 세 개나 생겼고, 바닥을 드러낸 연못엔 깡통 하나 남지 않았습니다. 역시 샌 페리 앤은 빛 속으로 나오지 못했습니다.

레인 부인은 진흙투성이 팔로 땀에 젖은 이마의 머리카락을 넘겼습니다.

"이게 끝인 것 같아요, 내 생각엔."

레인 부인이 느긋하게 진흙을 헤집으며 말했습니다.

'아, 좀 더 계속해줘요! 조금만 더, 좀 더 찾아줘요!'

캐시는 덤불 뒤에 숨어 조용히 기도했습니다.

레인 씨가 하얀 집 정원 울타리 위로 몸을 내밀더니 담배를 피우며 부인을 불렀습니다.

"그 정도면 충분해요, 티나! 어서 들어와요."

'제발, 제발!'

캐시 굿맨은 기도했습니다.

"휴우! 모처럼 재미있었어!"

레인 부인이 웃음을 터뜨리고는 장화를 빨아들이는 진흙 속에서 질질 다리를 끌며 천천히 빠져나왔습니다. 레인 씨가 놀리며 말했습니다.

"참 재밌기도 하겠소. 내일 재채기를 하게 돼도 그렇게 재밌을까."

"아, 어깨도 아프네요!"

레인 부인은 어깨를 한 번 들썩이더니 들판을 지나 집으로 향했습니다.

"쓰레기는 내일 아침에 치워야겠어요."

하면서 반스 선생님도 집으로 돌아갔지요.

덤불 뒤에 웅크린 캐시만 남고 들판은 텅 비었습니다. 늙은 바이닝 부인도 캐시를 찾는 걸 포기하고 잠자리에 들었습니다. 샌 페리 앤은 여전히 연못 한가운데 진흙 아래 누워 있었습니다. 레인 부인이 샌 페리 앤을 갈퀴로 긁어내지 못한 것은 당연했습니다. 부인은 계속 샌 페리 앤 위에 서 있었으니까요.

4

밤 열두 시 종이 울렸습니다. 의사 레인 씨는 잠이 들었고, 레인 부인은 살그머니 침대를 빠져나와 창가에 섰습니다. 밤공기를 떠도는 재스민 향기에 몸을 맡기고 들판 위에 뜬 달을 구경하고 싶었거든요. 리틀 에그햄에서 가장 아름다운 풍경 중에 하나였지만, 재스민 향을 맡거나 밤하늘 달을 보려고 굳이 자다가 일어나는 사람은 많지 않지요.

티나 레인은 잠옷을 입은 채 창가에 서서 평화로운 느릅나무와 그 뒤로 솟은 교회 탑, 수백 년 동안 아이들이 뛰놀았던 고요한 풀밭, 어둠에 잠긴 집들이 은색 달빛을 받으며 잠든 풍경을 내다보았습니다. 사랑스러운 리틀 에그햄! 교회 탑은 어쩐지 그녀가 어린 시절 살았던 성의 탑과 닮았다고 생각하던 순간, 그녀는 숨을 멈추었습니다. 이 한밤에 소리 죽여 흐느끼는 소리가 들려오다니요? 그리고 지금 저 연못 한복판에 뭐가 있는 걸까요? 개나 양이 들어간 걸까요?

"오, 몽듀! 어린 소녀잖아!"

레인 부인은 불빛처럼 빠르게 계단을 달려 내려갔습니다. 현관에서 진흙투성이 긴 장화를 낚아채 잠옷 바지 다리에 그대로 구겨 넣고 밖으로 뛰어나갔지요. 창문으로 아이를 본 지 2분도 채 안 돼, 레인 부인은 캐시를 진흙탕 속에서 안아 올렸습니다. 둘은 연못 한복판에서 서로를 부둥켜안고 서 있었습니다. 캐시는 온통 진흙 범벅에다, 젖은 머리카락엔 녹색 개구리밥이 묻은 처참한 모습이었지요.

"샌 페리 앤! 샌 페리 앤!"

캐시가 흐느꼈습니다.

"캐시, 셰리(얘야), 왜 그러는 거니?"

"샌 페리 앤!"

"말해보렴, 포브르 쁘띠뜨(불쌍한 소녀야)."

"샌 페리 앤을 찾아야 해요."

"샌 페리 앤이 누구니?"

"아주머니는 샌 페리 앤을 꺼내지 않았어요. 바비의 목마는 찾아줬으면서 샌 페리 앤은 내버려뒀다고요!"

"그 아인 네 인형이로구나!"

레인 부인은 문득 알아차렸습니다.

"울음을 그치렴, 셰리… 밤을 새우더라도 꼭 찾아내자꾸나."

그러고는 미소 지으며 자기 나라 말로 덧붙였습니다.

"사 느 페 리엥(괜찮아)."

캐시는 흐느낌을 멈추고 부인을 가만히 바라보았습니다. 캐시의 인형 이름과 비슷하게 들렸으니까요. 어쩌면 이 마을에도 친절한 사람이 있는 걸까요?

잠옷 차림도 아랑곳하지 않고 레인 부인은 진흙 바닥에 무릎을 꿇고 두 손으로 더듬어갔습니다. 이건 뭘까요? 깡통이 남아 있었습니다. 조심해야겠지요. 아! 여기 매끄럽고 딱딱한 뭔가가 있습니다. 돌멩이일까요? 레인 부인은 그걸 달빛 아래로 가져왔습니다. 그건 돌이 아니라, 윤기 나는 까만 머리카락에 파란 눈과 장밋빛 입술을 가진 도자기 인형의 머리였습니다.

캐시 굿맨은 너무 기뻐서 얼굴이 빨개져 외쳤습니다.

"샌 페리 앤!"

하지만 레인 부인은 얼굴이 새하얘진 채 말했지요.

"셀레스틴."

잠옷 차림 레인 씨가 역시 잠옷 차림인 레인 부인을 현관에서 맞이했습니다. 부인은 진흙에 푹 젖어 흙탕물을 뚝뚝 흘리는, 자기보다도 더 진흙투성이인 아이와 인형을 안고 있었습니다.

"티나! 이런 세상에…!"

"그렇게 서서 묻지만 말고 몽 셰르(여보), 뜨거운 목욕물을 받고 우유를 데워줘요."

그들 모두— 그러니까 레인 부인, 캐시, 캐시가 손에서 놓지 않는 샌 페리 앤은 다 같이 욕조에 들어갔습니다. 샌 페리 앤의 도자기 얼굴과 팔다리는 다시 반짝였으나 톱밥으로 만든 몸통은 딱하게도 축 늘어져 있었습니다. 옷도 그랬지요. 하지만 캐시에겐 아무런 문제도 되지 않았습니다.

수건으로 감싸인 샌 페리 앤은 캐시가 데운 우유를 홀짝이는 동안 깨끗한 침대에 누워 있었습니다. 레인 부인도 캐시를 한쪽 팔로 감싸 안고 나란히 앉아 우유를 홀짝였습니다. 그제서야 그녀는 물었습니다.

"캐시… 내 셀레스틴을 어디서 얻었니?"

"아주머니의 셀레스틴이 아니에요. 나의 샌 페리 앤이에요."

"그래, 셰리. 알았다. 하지만 오래전 내가 프랑스에서 살던 작은 소녀였을 때는 내 것이었단다. 말해보렴."

"할아버지가 엄마한테 주려고 프랑스에서 데려왔어요."

"그러니?"

"어떤 성에서 발견했대요."

"그랬구나."

"우리 엄마가 저한테 주셨어요."

"캐시, 어떻게 이럴 수 있을까! 나도 어머니한테서 물려받았단다. 셀레스틴을 잃어버리고 나도 얼마나 울었는지 몰라. 꼭 너처럼 말이지."

"내 인형이에요."

캐시 굿맨은 고집스럽고도 애절하게 말했습니다.

"그래, 네 인형이야. 네가 언젠가 딸한테 물려주기 전까지는 언제나 네 것이란다. 내일 새 몸통과 옷을 만들어줄게. 샌 페리 앤이 어떤 드레스를 입게 될지 짐작이 가니?"

캐시는 고개를 저었습니다. 레인 부인은 서랍으로 가더니, 파랗고 흰 줄무늬 바탕에 장미 꽃봉오리가 수놓이고 소매엔 레이스 주름 장식이 달린 비단 침실복을 꺼내왔습니다.

"아!"

캐시는 그 옷을 보고 너무나 놀랐습니다.

"이 작은 침실복은 우리 증조할머니 거란다. 증조할머니의 할머니 드레스를 잘라 만든 거야. 그분은 프랑스 큰 성에서 사셨어."

캐시는 레인 부인을 가만히 바라보았습니다. 레인 부인은 다시 말했지요.

"내일 이 옷을 잘라서 샌 페리 앤에게 새 드레스를 만들어 입히자꾸나. 속에 받쳐 입을 레이스 치마도 만들고."

캐시는 한순간 아무 말도 못 하다가, 어느새 얼굴이 활짝 펴지더니 행복하게 웃었습니다. 그 모습이 얼마나 예뻐 보였는지 셀레스틴 레인의 눈에는 눈물이 고였습니다. 셀레스틴은 캐시와 인형을 함께 꼭 안아주며 말했습니다.

"캐시… 너랑 샌 페리 앤이랑 여기서 나랑 같이 살지 않을래?"

"아!"

캐시 굿맨은 놀라서 숨을 들이켰답니다.

---

1 **해자** 적의 침입을 막기 위해 성 주위를 길게 둘러 땅을 파고, 그 안에 물을 채워 만든 못.
2 **샌 페리 앤** San Fairy Ann. '요정 앤'. 세계 대전 당시 영국 군인들이 '괜찮다'라는 뜻으로 썼던 은어로, 같은 뜻의 프랑스어 'Ça ne fait rien(사 느 페 리엥)'을 잘못 들으며 굳어졌다고 한다.
3 **서머 타임** 여름에 긴 낮 시간을 활용하기 위해 표준 시각보다 한 시간 앞당기는 제도. 더블이면 두 시간이 앞당겨진다.
4 **정복자 윌리엄** 윌리엄 1세를 가리키는 별칭. 노르망디 공작이었던 그는 1066년 잉글랜드를 공격해 헤이스팅스 전투에서 승리하며 잉글랜드 왕이 되었다.

친절한 지주

THE KIND FARMER

평생 술은 입에도 안 대고 냄새조차 맡지 않던 사람이 늘그막에
맥주 맛을 보고는 엄청난 술고래가 되어 여생을 마쳤다는 이야기.
아마도 흔한 일이라 그리 놀랍지는 않을 겁니다. 그럼, 이런
이야기는 어떤가요? 저는 처음 들었을 때 좀 놀랐는데 이제 그
사연을 들려드리려고 합니다.

　지주 로버트 처든이 윌리엄 스토를 게으르다며 농장에서
해고하던 날, 윌은 농장 문 앞에서 떨리는 목소리로 말했습니다.
　"처든 씨, 지금 당신이 하는 일은 나와 내 식구들을 굶어 죽게
만들 겁니다. 한 번만 다시 생각해주세요."
　"이봐, 난 그런 바보가 아니야."
　로버트 처든이 말했습니다.
　"총알 한 발로 잡을 수 있는 새한테 두 발씩이나 쏘는 멍청이가
아니라고. 내 시간을 허비하는 자는 내 돈을 낭비한다는 뜻이지.

자네는 내 시간을 헛되이 날렸어. 난 한 번 결정했고 그걸로 충분해."

"그렇다면 나도 두 번 생각하지 않을 겁니다."

가난한 윌리엄이 말했습니다.

"언젠가 당신과 당신 식구에게 내 도움이 필요할 날이 와도 말이죠."

"너 같은 쓰레기들에게 도움을 구걸할 것 같았으면, 앞날을 위해 이렇게 많은 재산을 모으지도 않았을 거다."

처든은 거칠게 반박했습니다.

"내가 남의 도움에 기대야 하는 형편없는 놈이었다면 기름진 땅 천 에이커[1]와 가축 이백 마리, 본마켓 거리의 가게, 언더본 선술집을 마련할 수 있었을까? 게다가 비든 온 허니엔 방앗간이 있고 본마켓 은행에 연 이자 육 퍼센트인 예금이 들어 있지. 그러니 앞으로도 너 같은 자가 필요할 것 같진 않아, 스토. 그리고 뭐라고 말했지? 내 식구? 난 식구 같은 게 없고, 설령 있다 해도 자식 열두 명과 그 손주들까지 먹여 살릴 수 있어. 그들은 너 같은 자의 현실은 전혀 모르면서 살 거야. 자, 이제 저 문을 나가서 자네 현실이나 똑바로 받아들여."

스토는 떠났습니다. 그날 밤 작은 마을 언더본의 오십 채 남짓한 집들과 드문드문 흩어진 오두막에서, 이 마을 중심부에 사는 지주가 얼마나 무정하고 또한 얼마나 부자인지에 대한 이야기만 흘러나왔습니다.

지금까지 어떤 식으로든 처든 때문에 고생하지 않은 사람은
거의 없었습니다. 처든은 일꾼들을 시간 내에 최대한 부리면서
가장 적은 품삯을 주었고, 일은 받은 돈보다 훨씬 더 많이 하기를
원했습니다. 교회엔 한 번도 헌금하지 않은 데다 학교 축제 때도
6펜스 동전 하나 기부하지 않았죠. 선술집을 운영하면서 맥주 반
잔도 외상으로 주지 못하게 했는데, 그 선술집은 처든에게 꼼짝 못
하는 어떤 늙은이가 대신 맡아 하고 있었습니다. 처든은 더 싼값에
일할 일꾼이 나타나면, 별의별 꼬투리를 잡아 먼젓번 일꾼을
내쫓았습니다. 돼지를 먹이려고 탈지분유를 얻어가는 사람은 돼지
한 부위를 그에게 저당 잡혀야 할 정도였지요. 추수한 밭에 떨어진
이삭도 주워 가지 못하게 했고, 거지들은 그의 집 문 앞에서 늘
발길을 돌려야 했습니다.
　　그렇게 처든은 번창했습니다. 해마다 더 많은 돈을 저축하고,
더 많은 땅을 샀으며, 키우는 가축을 늘렸습니다. 그의 농장에서
나오는 건초는 그 지방에서 제일 좋았고 보리와 과일의 품질도
최고여서, 그는 수확물을 가장 높은 값으로 팔았습니다. 네, 처든은
부유해졌고 일꾼들과 이웃들은 그를 미워하고 두려워했습니다.
그가 부자가 될수록 마을은 가난해졌으니까요. 농지는 줄어들고
집이 부서져도 고치지 못하며 아이들은 모든 게 부족했습니다.
농부들은 비든 온 허니에 있는 방앗간에서 곡식을 찧었지만,
그래봐야 처든의 이자 6퍼센트짜리 예금만 불렸을 뿐입니다.
언더본에서 본마켓까지, 본마켓에서 비든 온 허니에 이르기까지,

이 돈 많은 구두쇠에 대해 좋은 평판이라곤 단 한 줄도 나오지 않았지요.

그러나 만약 그가 모진 말을 퍼부으며 윌 스토를 쫓아내지 않았다면 이야기는 다른 결말을 맞이했을지도 모릅니다. 가난한 스토가 항변했던 말 중에서, 어느 한 구절이 그의 마음속 깊이 박혀버린 탓이었습니다. '당신과 당신의 식구'라고 윌 스토는 말했었지요. '당신과 당신의 식구에게 내 도움이 필요할 날이 와도'라고 말입니다. 로버트 처든에게 '도움이 필요할 날' 같은 구절은 전혀 신경 쓰이지 않았습니다. 다만 왠지 쟁기질이 끝난 밭을 둘러보거나 은행 통장을 넘겨볼 때면, 문득문득 '당신과 당신의 식구'라는 말이 떠올랐습니다.

물론 처든이 그 말에 연연한 것은 아닙니다. 단지 무슨 노래의 후렴같이 때때로 귓가에 맴돌았을 뿐입니다. 하지만 그렇게 파도에 밀려온 자갈처럼 가끔 떠오르는 그 말이 없었더라면, 그는 본마켓 가축 시장에서 제인 플라워를 보았을 때 평소대로 그냥 지나쳤을지도 모릅니다. 그의 눈길은 사랑스러운 제인의 얼굴에 머물렀고, 그는 태어나서 처음으로 돈으로 바꾸지 못할 것을 갖고 싶다고 생각했습니다. 다만 어쩌면… 돈으로 살 수 있을지도 모른다고 생각했지요.

그날 아침만 해도 그녀는 모르는 낯선 사람이었으나 이제는 아니었습니다. 로버트 처든은 갖고 싶은 것이 생기면 망설이는

법이 없었습니다. 윤이 흐르는 연갈색 머리카락과 산뜻하게 미소
짓는 입술, 주근깨가 뿌려진 뽀얀 살갗, 순수한 잿빛 눈동자를 처음
본 순간부터 그의 가슴은 두근거렸습니다. 팔려고 데려온 암소
옆에서 손님에게 뭔가 얘기하고 있는 제인의 목소리는, 그의 귀에
마치 마른 목을 축이는 물처럼 느껴졌습니다. 여태 목마른 줄도
모르고 살았지만 말입니다. 한 걸음 다가서며 그는 제인이 고삐를
쥐고 있는 암소를 살펴보았습니다.

"내가 이 소를 사고 싶군요. 얼마면 되겠습니까?"

"아, 미안해요. 방금 팔렸답니다."

제인 플라워가 말했습니다.

"얼마에 팔았습니까?"

제인은 값을 말해주었습니다.

"거기에 일 파운드[2]를 더 얹어 드리죠."

로버트 처튼은 이렇게 말했다는 게 스스로도 믿기지
않았습니다.

"정말 친절하시네요, 선생님. 하지만 이 암소는 이미
팔렸답니다."

제인이 말했습니다. 남자든 여자든 어린아이든, 지금까지
로버트 처튼에게 '친절하다'고 표현한 사람은 처음이었습니다.

"이미 돈을 받으셨습니까?"

그가 물었습니다.

"지금 기다리고 있어요."

"그럼 거래가 끝난 건 아니군요. 당신은 더 괜찮은 값을 받을 수 있을 텐데요."

"흥정은 끝난걸요. 약속도 했고요, 선생님. 이미 정한 값을 더 올려서는 안 되죠, 그렇지 않나요? 아무튼 말씀은 고맙습니다."

"꽤 좋은 암소인데 상대가 값을 너무 낮게 불렀어요. 전에 여기서 당신을 본 적이 없는데 가축 시장엔 처음 나온 것 같군요. 그렇죠?"

"저는 캠스톡에서 온 존 플라워 씨의 딸이에요."

제인이 말했습니다.

"평소엔 아버지가 오시지만 지금은 편찮으세요. 집에 당장 돈이 필요해 제가 뷰티를 시장에 데리고 나왔답니다. 아, 저기 새 주인이 오네요. 저분 동물들한테 잘해주실 것 같지 않나요? 잘 가요, 예쁜 아가씨."

제인은 그렇게 말하고 암소 뷰티의 뿔 사이에 입을 맞췄습니다. 애써 쾌활하게 말했지만 슬픔이 떠오른 그 눈빛은 처든의 마음을 또다시 흔들었습니다. 한순간 그녀에게 입맞춤 받은 암소가 밉기까지 했습니다. 뷰티의 새 주인이 다가와 돈을 세어 제인 플라워의 손에 건넸습니다. 제인은 돈을 주머니에 넣고 그들에게 "좋은 하루를 보내시길요." 인사하고는 가버렸지요.

처든은 그 뒷모습을 가만히 바라보았습니다. '잘 가요, 예쁜 아가씨'라니. 말 그대로 제인은 이 시장에 '예쁜 아가씨'를 데려왔고, 이제 그 예쁜 아가씨는 그에게 뒷모습을 보이며 안녕을 고하고 있었습니다. 도저히 이럴 수는 없는 일이었습니다.

그는 암소의 새 주인 쪽으로 돌아서서 꼼꼼하게 암소를
살펴보았습니다.

"참 보잘것없는 소를 사셨군요."

그는 입매를 비딱하게 올리고 퉁명스럽게 말했습니다.

"대체 눈을 어디다 두고 다니는 겁니까?"

그리고 그 암소의 결점만을 줄줄이 짚었습니다.

그날 저녁 처든이 존 플라워의 오두막 문을 두드리자, 제인
플라워는 방문자를 맞이하러 가파른 계단을 뛰어 내려왔습니다.
처든은 제인을 알아보았지만 제인은 그가 해를 등지고 서 있어서
처음엔 누가 왔는지 몰랐습니다. 하지만 그의 앞에 마주서니 곧
알아차렸지요.

"어머, 당신이군요!"

제인이 반갑게 손을 내밀어 악수를 청해서 그는 당황했습니다.
환영 인사처럼 들리는 말은 로버트 처든에겐 몹시
낯설었으니까요. 그녀 손을 잡고 악수하는데, 다음 순간 제인은
"아!" 하고 놀라며 그의 어깨 너머를 바라보았습니다. 마치 흥분한
아이처럼 자기도 모르게 처든의 손을 꽉 쥐면서요.

"맞습니다, 플라워 양. 당신의 뷰티예요. 다시 돌아왔죠."

처든이 말했습니다.

"하지만 어떻게요?"

"제가 다시 샀으니까요. 이제 당신 겁니다. 외양간에 데려다

두세요."

제인은 말문이 막혀서 그를 쳐다보더니 갑자기 달려가 두 팔로 뷰티의 목을 꼭 끌어안았습니다. 이번엔 로버트 처든도 그 광경을 참을 수 있었는데, 그도 그럴 것이 지금 뷰티는 처든 대신 그녀한테 안긴 게 아니겠습니까?

제인은 암소를 외양간에 데려다 놓고서, 처든에게 그녀의 아버지를 만나보고 가라고 부탁했습니다.

"오늘 당신이 제게 얼마나 친절하셨는지 아버지께 말씀드렸어요."

제인이 말했습니다.

"하지만 저는 당신 이름을 몰라서 누구라고는 말할 수가 없었어요. 아버지를 만나주신다면 아마 저보다 더 고마워하실 거예요."

처든은 별로 그럴 것 같지는 않았습니다만, 그래도 방에 들어가 제인의 아버지를 만났습니다. 존 플라워는 베개에 기대 누운 채 물끄러미 처든을 응시했지요. 제인은 그의 친절한 행동에 대해 쉴 새 없이 이야기했습니다. 존은 더듬거리며 감사 인사를 했으나 처든은 곧 존의 말을 끊고 방을 나왔습니다. 그는 존 플라워를 알고 있었고, 존 플라워는 그에 대해 더 잘 알고 있었으니 말입니다.

제인이 그를 배웅하러 문 앞까지 따라 나왔습니다.

"무슨 말을 드려야 할지 모르겠네요."

제인은 솔직하게 말했습니다.

"뷰티의 몸값을 돌려드려야 마땅할 텐데… 그 돈이 필요해서 팔았던 거라서요."

"소 값은 필요 없습니다. 안 주셔도 괜찮아요."

처든이 말했습니다. 제인이 팔았던 값보다 1파운드 깎아서 암소를 되사왔다는 말은 굳이 할 필요가 없었습니다.

"그럼 뷰티를 선생님네 농장으로 데려가셔야 하지 않을까요?"

"일단 두고 보지요."

로버트 처든이 말했습니다.

"그럼 언제든 암소가 필요할 때 말해주세요, 선생님. 다시 한번 당신의 친절에 감사드립니다."

그로부터 석 달 뒤, 처든은 제인과 뷰티를 자기 농장으로 데려왔습니다. 존 플라워는 그사이 세상을 떠났고요. 처든이 신부를 데리고 집에 오자 언더본 사람들은 벌린 입을 다물지 못했습니다. 아니, 저 아가씨는 행복해 보이잖아! 지금 신부의 미소처럼 환한 웃음을 본 적 있나? 어찌 된 일이지? 가난한 아가씨가 돈 때문에 부자와 결혼했을 수도 있겠지만, 돈 생각만으로 저렇게 유월에 핀 들장미처럼 환하게 웃을 수 있을까? 하고 말입니다.

11개월 남짓했던 결혼 생활 동안 제인 플라워는 늘 행복하기만 했습니다. 그는 제인을 집 안에서 편히 지내게 두고, 밖에 나가선 예전처럼 행동했습니다. 하지만 집에 들어오면 남몰래 노력하며,

그녀가 "정말 친절하시네요!" 하고 말하거나 그런 표정을 짓게 만드는 일에 몰두했습니다. 곧 그는 제인이 아주 사소하고 돈이 전혀 들지 않는 일에도, 쉽게 기뻐한다는 사실을 깨달았습니다. 그저 허리 숙여 들판에 자란 산딸기를 따다 주는 것만으로도 너무나 간단히 그 말을 들을 수 있었으니까요.

하지만 그걸 안 뒤에도, 시장에서 꽤 값이 나가는 고운 색깔 스카프들과 달콤한 간식거리를 사다 주곤 했습니다. 그는 그녀가 자신의 진짜 모습을 알지 못하도록 감췄던 것입니다. 제인은 그해가 저물 무렵 딸을 낳다가 숨을 거둘 때까지, 그를 친절한 사람이라고만 불렀습니다.

그는 딸의 이름을 엄마 이름을 따서 똑같이 제인 플라워라고 지었지만, 부를 때는 항상 '리틀제인'이라 불렀습니다. '제인'보다는 '리틀'을 더 강조했지요. 그 표현이 아내와 딸을 구분해주어서 큰 제인을 잊는다는 느낌이 덜했기 때문입니다.

"리틀제인은 좀 어때?"

그는 어린 딸을 돌봐주는 하녀에게 묻곤 했습니다.

"리틀제인은 어딨지?"

밭에서 일하는 일꾼들에게도 물었습니다. 몇 해가 지나자 다들 그의 딸을 리틀제인이라고 부르게 되었습니다. 시간이 흘러도 언제까지나 리틀제인으로요.

마을 사람들은 처든 같은 남자는 아기를 싫어할 거라고 생각했지만 그렇지 않았습니다. 처음부터 리틀제인은 처든의

마음속에서 제인 플라워의 빈자리를 채워주었고, 날이 갈수록
엄마가 그 집에 남긴 어떤 분위기를 이어받았습니다. 아이가
말을 배우기 전까지 처든은 요람에서 잠든 어린 딸을 곁에 앉아
지켜보거나, 인디언 여인의 아이처럼 포대기로 등에 업고서
들판을 다니곤 했습니다. 그는 딸에게 그다지 많은 말을 하지
않았습니다. 그저 바라보고, 무동을 태울 때 어깨에 실린 조그만
딸의 무게를 느끼며, '나와 내 식구' 그 이상도 그 이하도 생각하지
않았습니다. 하지만 거기엔 많은 의미가 담겨 있었지요.

　언제부턴가 리틀제인의 입에서 '빠'라는 말이 나오더니 다른
말들도 따라 나왔고, 그건 처든에게 일종의 놀라움이었습니다.
마치 땅속에서 준비하던 새싹들이 솟아나고 꽃이 피는 것처럼요.
지금까지는 그런 자연의 섭리에 대해 한 번도 깊게 생각해본 적이
없었습니다. 어린 딸의 입에서, 이른 봄날 피는 제비꽃이나 갓 움튼
연둣빛 보리싹처럼 새로운 낱말이 튀쳐나오기 전까지는 말입니다.
지금 생각하니 그런 흔한 섭리조차 기적 같은 일이었구나
싶었습니다.
　리틀제인의 두 번째 생일을 앞둔 어느 여름날. 그는 넓은 밭에
처음 열린 산딸기를 발견하고는, 마치 땅에서 솟아난 새로운
낱말인 것처럼 그걸 따서 리틀제인에게 가져다주었지요. 2년
전 어린 딸의 엄마에게 그랬듯이요. 리틀제인은 작고 빨간
산딸기가 매달린 줄기를 받아들고 처든을 올려다보더니 "친절한

186

빠!" 하고 기쁘게 소리쳤습니다. 리틀제인이 그런 말을 한 건
처음이었습니다. 처든의 가슴은 다시 두근두근 뛰었습니다.
제 엄마한테서 배운 게 아니라면 리틀제인이 어디서 그 말을
배웠겠습니까?

　그건 세상 모든 말 중에서, 그가 가장 듣고 싶었던 말이었습니다.
처든은 간절히 그 말을 다시 듣고 싶었고, 어떻게 하면 또 들을
수 있을까 고민했지요. 딸에게 시장에서 조그만 장난감을 사다
주고, 자주 들판에 데리고 나가 새 둥지와 숲의 작은 것들을
구경시켜주었습니다. 심지어 그는 리틀제인에게 보여줄 만한
대상을 찾아다니기 시작했습니다. 이전까지 당연하게 여겼던 모든
게 새롭게 느껴졌습니다. 리틀제인의 입에서 '친절하다'는 말이
나오게 하는 것이라면, 그 무엇도 당연하지 않았으니까요.

　리틀제인이 그 표현을 안 하거나 아주 가끔씩 할 때는 그의
마음이 편치 않았습니다. 사실, 그는 그 말의 뜻을 깊이 생각하지는
않았지요. 솔직히 자기가 친절한 사람인지 아닌지 알지도 못했고,
신경 쓰지도 않았습니다. 오로지 리틀제인한테서 그가 친절하다는
말을 듣고 싶을 뿐이었습니다.

　어느 날 그는 대문 앞에서 어린아이가 우는 소리를 들었습니다.
리틀제인이 우는 줄 알고 어떤 대가를 치르더라도 울음을 멈추게
해주리라 생각하며 달려갔지요. 리틀제인은 거기 있었지만,
울고 있는 건 그의 딸보다 한 살쯤 많아 보이는 소녀였습니다.

리틀제인은 아빠에게 아장아장 걸어오더니 우는 아이를 가리키며 말했습니다.

"얘가 일 페니 동전을 잃어버렸대."

리틀제인은 다시 대문 쪽으로 아장아장 걸어가서 말했습니다.

"친절한 우리 아빠가 너한테 일 페니 준다. 울지 마."

그러고는 한 치 의심도 없이 아빠를 쳐다보았습니다.

로버트 처든은 주머니에서 1페니 동전을 꺼내, 눈물을 글썽이는 아이에게 건네고는 속으로 긴장했습니다. 여태 남에게 공짜로 주기 위해 돈을 벌지는 않았기 때문입니다. 지금까지 당연하게 여겼던 일이 또다시 뒤집힌 듯했고, 그러자 문득 불안한 감정에 사로잡혔습니다. 방금 엄청난 재산을 떼어 준 것만 같았거든요. 어쩌면 정말로 그랬는지도 모릅니다. 리틀제인이 여전히 신뢰하는 눈빛으로 그를 쳐다보는 동안, 아이는 울음을 그치고 소중한 보물처럼 동전을 움켜쥐고는 길을 달려갔습니다.

"저 아이는 누구니, 리틀제인?"

처든이 물었습니다.

"몰리."

"몰리가 누군데?"

"몰리는 그냥 몰리야. 그게 그 애 이름이야."

리틀제인이 말했습니다. 처든은 더 할 말이 없었습니다. 하지만 그날 저녁 언더본 마을 쉰두 채 집들 사이엔, 로버트 처든이 평생 처음으로 남에게 동전 한 닢을 공짜로 주었다는 이야기가

188

오갔습니다. 다른 사람도 아니고, 윌 스토의 딸 몰리에게 말예요.

며칠 밤이 지나자 더 많은 소문이 이 집에서 저 집으로 들불처럼 번져 나갔습니다. 어느 집 없는 떠돌이가 처든의 농장에서 빵과 낡은 장화를 얻어 왔다는 겁니다. 아니, 빵과 고기와 장화에 모자까지 얻었다고 했고, 맥주 한 병도 받았다는 말이 들려왔습니다. 아! 처든의 낡은 외투도 받아왔다지요. 설마 그럴 리가! 하지만 소문은 사실이었습니다. 마을 사람 살 윈터가 길에서 그 떠돌이를 만나 직접 들었는데, 떠돌이는 처든의 농장을 지나다가 뒷문에서 놀고 있는 리틀제인을 보았다고 합니다. 리틀제인이 떠돌이를 데리고 처든에게 가서 말했다는군요.

"이 아저씨가 배고프대, 아빠."

단지 그렇게 말했을 뿐이라는 겁니다. 그런데 처든이 떠돌이에게 음식 한 꾸러미와 다른 물건들을 주더라고 했습니다. 대체 로버트 처든에게 무슨 일이 생긴 거지? 이러다 학교 축제 때 1실링[3]을 기부하는 거 아니야? 하고 마을 사람들은 수군거렸습니다.

처든은 정말 그렇게 했습니다. 그것도 2실링을요. 리틀제인은 아직 학교에 갈 나이가 아니었지만, 축제에 초대받아 즐겁게 놀다가 돌아왔습니다. 그는 길가로 마중 나가서 아이들과 같이 걸어오는 어린 딸을 번쩍 들어 올리고는 품에 안고 집으로 왔습니다.

"재미있었니, 리틀제인?"

"응. 진짜 재미있었어, 아빠."

리틀제인은 기쁨으로 빛나는 얼굴을 그의 목덜미에 묻으며 졸린 듯 다시 말했습니다.

"진짜 재미있었어, 친절한 우리 아빠."

어린 딸은 곧 희미한 웃음을 머금고 잠들었지만, 그 모습을 바라보던 처든의 얼굴엔 이상하게도 근심 어린 표정이 스쳐 갔습니다.

얼마 후 리틀제인이 파티를 열어 마을 아이들을 초대한다는 소식이 전해졌습니다. 리틀제인은 아이들에게 초대받았던 학교 축제가 너무나 즐거웠기 때문에, 이번엔 자기가 초대해야 한다고 생각했습니다. 리틀제인은 아빠 무릎에 앉아 축제 때 어떤 케이크와 음식을 먹었는지, 무슨 놀이를 하며 놀았고 무슨 노래를 불렀는지 전부 얘기해주었습니다. 그리고 이번 파티가 학교 뒤편 숲 대신 아빠의 건초밭과 커다란 헛간에서 열리는 점만 빼고는 모든 게 이전과 같기를 바랐습니다.

"그렇게 해도 돼, 아빠?"

로버트 처든은 대답했습니다.

"그래, 그러마."

하지만 속으로는 아무리 못해도 3파운드 10실링은 들 거라고 생각했습니다.

언더본 사람들은 그들의 귀를 믿을 수 없었기에 분명 무슨 꿍꿍이가 있을 거라 수군거렸습니다. 하지만 그런 일은 없었지요. 아이들은 파티에서 맛있는 음식을 실컷 먹었고, 무엇도 모자라지 않았습니다. 리틀제인은 그들 틈에서 신나게 뛰어다니느라 어떤 음식이든 한 입 이상 먹을 새가 없었습니다. 너무 즐거워서 한 사람과 일 분 이상 놀 틈도 없었습니다. 아이들은 리틀제인을 귀여워했는데, 부잣집 아이라서 그런 건 아니었어요.

"이리 와, 리틀제인! 건초로 둥지를 만들어줄게."

"아냐, 여기 와서 커다란 건초 더미에 미끄럼 타자, 리틀제인. 내가 꼭 붙잡아줄게."

"이제 리틀제인은 줄넘기 놀이를 할 차례야. 우리가 줄을 돌려줄게."

"누가 우리들 동생이지, 리틀제인? 바로 너야, 그렇지?"

이 모든 소동 뒤에서 로버트 처든은 걱정이 어른거리는 눈빛으로 생각에 잠겨 있었습니다.

그날 이후 일주일이 지나기도 전에 새로운 이야깃거리들이 생겨났습니다. 리틀제인은 이제 온종일 마을을 돌아다니며 누구에게나 환영받았고, 저녁이면 친절한 아빠의 무릎에 앉아 재잘댔습니다.

"토미 로빈슨네 엄마가 아파서 일어나질 못한대. 그래서 토미는 하루 종일 굶었어. 수지 무어네 침대는 벽에 난 구멍으로 비가 들이쳐서 쫄딱 젖어버렸고, 게퍼 제닝스는 자기 집 암탉 두 마리가 매한테 죽어버려서 이제 달걀을 먹을 수가 없다고 울었어.

그래서 우리 아빠가 게퍼네 집에 암탉 두 마리를 당연히 줄 거라고
말했어."

리틀제인은 마을 사람들의 슬픔을 해맑게 들려주었습니다.
자기 아빠에겐 어떤 슬픔이든 고쳐주는 만병통치약이 있다는
걸 알았으니까요. 아빠는 부엌의 텅 빈 선반을 채우고, 비가 새는
지붕을 고칠 수 있었습니다. 모든 문제를 해결해주는 아빠가
세상에 존재하는 한 리틀제인에게 슬픔이란 없었습니다.

그리고 로버트 처든은, 아직 자기 아이가 슬퍼하는 모습을
한 번도 보지 못한 이 사람은 그 문제들을 바로잡았습니다.
언더본에서 오랫동안 그의 농장만이 부유했으나 날이 갈수록
마을 전체가 조금씩 조금씩 회복됐습니다. 마침내 언더본 모든
아이들은 리틀제인처럼 비가 새지 않는 지붕 밑에서 따뜻하게
잠들고, 어느 집이나 충분한 땅과 좋은 씨앗으로 농사를 짓기
시작했지요. 이제 언더본은 근방에서 가장 잘사는 마을이 되어
멀리까지 소문이 퍼져 나갔습니다.

그 모두가 엄청난 돈이 드는 일이었습니다. 전부 리틀제인의
미래를 위해 모아 두었던 자금에서 나간 돈이었고요. 처든은 늘
'이번이 정말 마지막'이라고 생각했습니다. 딱 한 번만 더 하고,
다시는 돈을 쓰지 않겠다고 몇 번이고 다짐했습니다. 누구나 자기
자식부터 챙겨야 하는 법이니 리틀제인이 앞으로 무사히 살아갈
돈은 남겨 놓아야 하지 않겠습니까? 아직 남은 재산이 있을 때
그만해야겠다고 생각했지요.

그러나 리틀제인의 존재는 그에게 너무나 강력했습니다. 그는 멈출 수가 없었고, 어린 딸의 말을 무작정 그대로 따랐습니다. 리틀제인의 영향력은 그의 머리와 가슴에 마치 술처럼 스며들었습니다. 뭐가 어떻게 되든, 한번 시작한 이상 기부를 멈출 수는 없었습니다. 마을 사람들은 자기들끼리 있을 때면 그를 밥[4] 처든이라 부르기 시작했고, 그가 옆을 지나갈 때 용기 내어 인사를 건넸습니다. 이제 그에게 한 번쯤 신세 지지 않은 사람은 없었습니다. 그리고 처든은… 뭔가에 불안하게 쫓기면서도 고집을 꺾으려 하지 않는 사람처럼 보였습니다.

그러다 언젠가, 리틀제인이 아파서 소아 병원에 입원했다가 퇴원하는 일이 생겼습니다. 어린 딸이 다 나아 돌아올 때까지 처든은 거의 미쳐버리는 듯했지요. 얼마 후 그 병원에 불이 났는데, 아픈 아이들은 빠져나왔지만 건물은 잿더미가 되었습니다.

곧이어 처든이 비든 온 허니에 있는 방앗간을 팔아 병원을 새로 짓기 시작했다는 소문이 퍼졌습니다. 워낙 급하게 팔아서 손해를 보며 넘겼다고도 했습니다. 매입한 사람은 시세보다 싸게 샀다며 싱글벙글했고, 마을 사람들은 놀라서 입을 쩍 벌렸습니다. 소아 병원에선 처든의 이름을 축복했지요. 그리고 처든은 리틀제인을 품에 안은 채, 슬그머니 다가오는 가난을 지켜보았습니다.

그쯤에서라도 멈췄더라면 달라졌을지 모릅니다. 처든이 그 집착을 놓아버렸다면 말입니다. 하지만 이제 그는 못 고칠 병에 걸린 듯했습니다. 무엇이든 아이들을 위한 일이라면 다 해주었고, 당장 눈앞에 보이는 문제가 없을 땐 스스로 찾아 나섰습니다.

아마도 그는 리틀제인에게 모든 걸 주는 버릇을 들였다가, 어느새 그 행위에 사로잡힌 건지도 모릅니다. 더 이상 리틀제인에겐 부족함이 없으니 직접적으로 더 해줄 만한 것들은 많지 않았지요. 어차피 한 사람에게 돈으로 해주는 일은 한계가 있는 법이니까요. 이제 처든이 그의 아이에게 해줄 수 있는 유일한 것은, 모든 아이를 위한 일을 하는 것뿐이었습니다. 그는 그렇게 했고, 이상하게도 가진 돈이 줄어들수록 베푸는 일은 더 자유로워졌습니다.

그가 베푼 일들 중에는 마을 사람들이 다 아는 일도 있었지만, 전혀 알지 못한 일들이 더 많았습니다. 처든은 줄곧 근심스러운 표정을 지은 채 자기는 별로 양심적이지 않고, 결코 좋은 사람도 아니라는 듯이 행동했습니다. 그러면서도 뭔가가 그의 마음과 정신을 짓눌러 어쩔 도리가 없는 것처럼, 남에게 베푸는 일을 멈추지 못했습니다. 마치 몰래 나쁜 짓을 해놓고는 잊으려 하지만, 그러지 못하는 사람처럼 말입니다.

그의 재산과 예금이 매주 줄어드는 동안 사람들의 축복과 칭송은 멀리서도 가까이서도 들려왔습니다. 그는 더 이상 리틀제인의 안전을 위한 최소한의 돈도 따로 남겨 두지 않았습니다. 안전이라니? 이 사랑스럽게 웃는 아이의 안전이라니! 자기 아빠와 온 세상이 친절하다고 굳게 믿는 아이에게 대체

195

무슨 위험이 닥쳐온다는 말인가요? 처든의 본마켓 가게가 경매에 부쳐지고, 마지막 재산을 팔아치우고, 선술집도 다른 사람에게 넘어갔을 때, 리틀제인이 그 사실을 알았다고 해서 신경이나 썼을까요? 어느 날 그가 "이 커다란 농장 집 말고 언더본 작은 오두막에 가서 사는 건 어떻겠니, 리틀제인?" 하고 말했다고 해서 리틀제인이 그걸 문제 삼았을까요?

"숲속에 있는 조그만 오두막에서?"

리틀제인이 외쳤습니다.

"아, 아빠. 난 그 오두막 좋아해!"

그렇게 둘은 오두막으로 이사했습니다. 밥 처든의 기름진 땅은 다른 사람이 경작하게 되었고, 본마켓 고아원은 이름을 숨긴 사람한테서 지금까지 받은 기부금 중에 가장 큰 금액을 받았습니다.

처든은 지쳐갔습니다. 등에서 떨어지지 않는 걱정 때문에 부서지는 기분이 들었고, 아무에게도 말하지 않았지만 몸도 아팠습니다. 하지만 돈이 아까워 의사에게 가지 않았지요. 그는 어쩌면 머지않아 리틀제인이 아빠도 엄마도 없이 홀로 남겨질지 모른다고 생각해, 고아원에 남은 전 재산을 기부했던 것입니다.

그와 리틀제인은 나무꾼 오두막에서 일 년 정도 살았습니다. 더는 쓸 돈이 없었기에 그동안 그가 세웠던 원대한 계획들은 점점 줄어들었습니다. 그러나 이즈음 처든의 이마에 깊이 패었던 주름이 펴지고, 눈에서 걱정이 사라진 것도 사실입니다. 리틀제인에게 동전 한 닢도 남겨줄 수 없으니, 딸의 앞날을 생각하면 이제는 신께서 보호하실 거라 믿을 수밖에 없다는 걸 깨달았습니다. 그리고 그렇게 믿는 사람은 비로소 근심에서 벗어나는 법이지요.

그는 자기가 주인이었던 농장에서 일꾼으로 일하며 품삯을 받았습니다. 그걸로 둘이 먹을 멀건 죽을 사고, 일요일마다 리틀제인과 산책을 나가 길가 거지들에게 남은 돈을 전부 쥐버렸습니다. 텅 빈 주머니로 터덜터덜 집으로 돌아가면서도 요즘 그는 전에 없던 밝은 표정으로 리틀제인을 바라보곤 했습니다. 리틀제인은 춤을 추듯 그를 앞질러 숲속으로 들어가 오두막 문을 노크한 뒤, 문에 귀를 기울이다 스스로 "들어오세요." 하고 말했습니다. 그러고는 얼른 집 안으로 들어가 문을 닫고, 그가 노크하기를 기다렸습니다.

"들어오세요, 아빠!"

"좋은 저녁입니다, 리틀제인 양."

"좋은 저녁이에요. 산책을 다녀오셨나요?"

"네. 참 멋진 산책이었죠."

"누굴 만나셨나요?"

"거지 한 사람을 만났답니다."

"그 사람한테 무엇을 주었나요?"

"동전 한두 푼을 주었지요."

"그 사람이 뭐라던가요?"

"정말 친절하시군요, 선생님."

"정말 친절하시군요, 선생님. 바로 아빠를 말하는 거예요!"

리틀제인은 말했습니다.

그러고 나면 둘은 저녁을 먹었습니다. 식탁엔 빵과 우유 말고도 언제나 다른 음식들이 있었습니다. 사람들은 기꺼이 리틀제인에게 과일 바구니와 벌꿀 통을 주었고, 돼지를 잡으면 한 부위 정도 떼어내 밥 처든— 아니, 이제 모두가 '밥네 집'이라 부르는 숲속 오두막으로 보냈습니다. 지난 일 년 동안 사람들은 멀리서도 처든을 그 이름으로 부르며 인사를 나눴습니다. 마을 여인들은 이런 말을 입에 달고 지냈지요.

"토미, 밥네 집에 이 돼지 내장을 좀 주고 오렴."

"루이스, 가는 길에 달걀 몇 개를 밥네 집에 갖다주거라."

그러던 어느 날 리틀제인이 아침 일찍 윌리엄 스토네 집에 와서 말했습니다.

"아빠를 깨울 수가 없어요."

"그래?"

스토가 말했습니다.

"여기 앉아서 몰리와 아침을 먹고 있거라. 아저씨가 가서 보고 오마."

리틀제인은 그날 온종일, 그리고 그다음 날도, 밥 처든이 땅에 묻히던 다음다음 날까지도 윌리엄네 집에 머물렀습니다. 온 마을 사람들이 모여 밥이 교회 안뜰에 도착할 때까지 뒤를 따랐습니다. 그제서야 밥이 빈털터리로 죽은 데다, 리틀제인 플라워 처든이 마을 그 어떤 아이보다도 가난하다는 사실을 모두가 알게 되었지요. 누가 처음 꺼냈는지는 몰라도 본마켓 고아원 얘기가 나왔을 때 윌리엄 스토가 벌컥 화를 내는 모습을 봤어야 합니다.

"밥 처든의 아이를 고아원에 보내?"

스토가 소리쳤습니다.

"내 아이까지 보내야 할 지경이 아니라면 그럴 순 없지. 리틀제인은 맨 처음 우리 집에 왔고, 그러니 우리 집에서 지낼 거야. 두 번 생각할 필요도 없어."

그러자 한 여인이 큰 소리로 말했습니다.

"아뇨, 윌. 당신네는 아이를 더 키울 수가 없어요. 내가 리틀제인을 맡겠어요. 형편도 좀 더 낫고, 그 애 아버지한테 갚을래야 갚을 수도 없는 빚을 졌다고요."

"허! 그런 식으로 따지면 나도 신세를 진 게 있어."

또 다른 누군가가 말했습니다.

"게다가 그 아인 꼭 친자식처럼 느껴진다고."

너도나도 큰 소리로 끼어들었습니다. 밥 처든은 이런 일도 해줬고 저런 일도 해줬고 다른 일들도 많이 해주었다고. 밥 처든은 마을 사람들의 아이들을 돕다가 빈털터리가 되었는데, 아버지가 재산을 다 털어 남에게 베푼 탓으로 그 자식이 고통받는다면

199

과연 옳을까요? 모든 이가 그에게 신세를 졌으니, 이제 그의 죽음 뒤에 마을 사람들 아니면 누가 리틀제인의 부모가 되어주겠냐고 말입니다.

일은 그렇게 마무리되었습니다. 마을 전체가 밥 처든의 아이에게 아빠 엄마 노릇을 하기로요. 언더본 쉰두 채 집들이 다 나서서 일 년에 일주일씩 돌아가며 리틀제인을 돌보기로 했습니다. 파슨네부터 스톤브레이커네까지 모두 리틀제인을 맡는 걸 기꺼워했습니다. 리틀제인은 행복하게 이 집에서 저 집으로 다녔고, 어느 집에 가든 자기 아빠가 세상에서 가장 친절한 사람이라는 말을 들었습니다. '친절한 지주'라는 이름으로 그의 이야기는 먼 곳까지 퍼졌습니다. 언더본은 유명해지고, 모든 아이들을 돕다가 정작 자신의 아이에겐 아무것도 남기지 않은 그 사람은 마을 전체의 자랑이 되었습니다.

하지만 또 어쩌면… 이렇게 말할 수도 있겠어요. 그는 리틀제인 플라워 처든에게 마을 전체를 남겨준 건지도 모른다고. 그 마을 모든 지붕과 난롯가가 리틀제인의 것이었으니 말입니다.

---

1   **에이커** 면적을 나타내는 단위. 미터법으로 환산하면 약 4천m²
2-3 **파운드, 실링** 영국의 화폐 단위. 동전 하나가 1페니로 가장 작은 단위이며,
     두 개부터는 펜스가 된다. 현재는 10진법으로 통합되었으나, 이 이야기의 배경 무렵에는
     12진법과 20진법 혼합 단위를 사용해 12펜스가 1실링, 20실링이 1파운드였다.
4   **밥** Bob. 남자 이름 로버트(Robert)의 애칭.

무뚝뚝한 노인과 소년

OLD SURLY AND THE BOY

양치기 댄 셔를은 마을에 내려오는 일이 거의 없었습니다. 댄은
나지막한 산 중턱에 작은 집이 있는데도, 그보다는 윗가지가
우거진 들판에 허름한 양치기 오두막에서 양 떼를 돌보며
지냈습니다. 마치 사람보다 양들이 편하다는 듯이 말입니다.

　무뚝뚝한 댄이 볼일을 보러 마을에 나타나면 사내아이들은
"부루퉁 할아범이다!" 외치며 놀려대다, 댄이 위협하듯 휘두르는
지팡이를 피해 달아났습니다. 그래서인지 마을 농부들이 일을
도울 사내아이 하나를 두라고 충고해도, 댄은 절대 받아들이지
않았습니다. 사내아이들과 잘 지내긴 애초부터 그른 것 같았고
특히 네드 쥬얼과는 더더욱 그랬습니다.

　네드는 고아였는데 친척 아주머니와 함께 살면서 언젠가 그
집을 나와 일하러 갈 날을 고대했습니다. 비록 나이는 어렸지만,
댄만 아니라면 누구든 좋으니 양치기 소년으로 자기를 고용해주길
간절히 원했습니다. 양은 네드가 가장 사랑하는 동물이었고,

양치기로 사는 건 세상에서 제일 멋진 인생처럼 보였거든요.

두 사람이 앙숙이 된 것은 한참 전 어느 날 일이었습니다. 들판 양 떼 우리를 기웃거리는 네드를 댄이 발견했지요. 양치기는 험한 말을 퍼부으며 아이를 쫓아냈고, 저만치 달아난 아이는 소리치며 반항했습니다. 그날부터 둘은 으르렁대기 시작해서, 댄이 마을을 지나갈 때면 "부루퉁 할아범이 나타났다!" 놀려대는 사내아이들 속에서 네드 목소리가 가장 컸습니다.

"망할 꼬맹이들 같으니라고. 특히 너, 네드 주얼!"

댄도 그르렁댔지요. 그럼에도 네드는 또 언덕에 올라가 들판 양 떼 주위를 서성거렸고, 그때마다 더 심한 말을 들으며 쫓겨났습니다. 둘은 서로 싸우려고 한데 묶인 사람들처럼 보였습니다.

어느 크리스마스이브, 이른 눈보라가 몰아쳐 언덕들이 흔적도 없이 파묻혔습니다. 친척 아주머니가 급하게 집집마다 문을 두드리며, 네드가 어디 있는지 아느냐고 묻고 다녔습니다. 아이는 사라져버렸고, 밤이 오자 또다시 눈보라가 몰아쳤어요. 마을 사람들은 행여나 네드가 맞이했을 운명을 상상하며 두려움에 사로잡혔습니다.

눈보라가 잦아든 새벽녘 아주머니는 다시 아이를 찾아 나서려고 현관문을 열었다가, 마치 꿈을 꾸는 것처럼 멍하니 서 있는 네드를 발견했습니다.

네드가 들려준 이야기는 기묘했습니다. 마을 형들이 그에게 말하기를, 블릭넬 골짜기에 가면 눈 속에 검은딸기가 잔뜩 열린 덤불이 있다고 했다는 겁니다. 그래서 바보처럼 그 말을 믿고 검은딸기를 찾으러 갔다가 눈보라를 만나, 언덕 사이에서 길을 잃었던 거지요.

너무 어둡고 눈발이 거세 아무것도 보이지 않았던 네드는 비틀거리다 허름한 오두막에 부딪혀 넘어졌습니다. 그러자 문이 열리고, '무드셀라[1]처럼 수염이 긴' 양치기가 나와서 그를 안고 집 안으로 들어갔다고 합니다.

"세상에, 그 사람 눈이! 두 개의 별처럼 빛났어요!"

네드가 말했습니다.

"그 사람은 내 몸을 따뜻하게 해주고 뭐가 맛 좋은 마실 것을 줬어요. 밤새 내 곁에 앉아서, 꽁꽁 언 내 몸을 문질러 녹여줬고요. 오두막 안은 그 사람 눈에서 나오는 밝은 빛으로 가득했어요. 나는 잠들 때까지 그 눈동자 말곤 아무것도 안 보였어요. 그리고 일어나보니 여기 문 앞에 와 있었어요."

"그 양치기가 누구였니?"

친척 아주머니가 물었습니다.

"모르겠어요. 처음 보는 사람이었어요."

몹시 거칠었던 바로 그 밤에, 말은 안 했지만 무뚝뚝한 노인한테도 똑같은 일이 있었습니다. 눈보라가 휘몰아칠 때

댄은 오두막에서 담배를 피우며 앉아 있었는데, 무엇인가 문에 쿵! 부딪히는 소리를 들었습니다. 문을 열어보니 눈 속에 낯선 사내아이가 쓰러져 있었지요.

　댄은 아이를 안고 들어와 이불을 덮어주고 먹을 것을 주고, 얼어서 뻣뻣해진 팔다리를 밤새도록 주물러주었습니다. 아이는 아무 말도 하지 않았지만, 지금까지 그가 한 번도 보지 못했고 앞으로도 볼 수 없을 눈빛으로, 이 늙은 양치기를 바라보았다고 댄은 생각했습니다. 밤하늘에 뜬 쌍둥이별 같은 아이의 눈빛이 오두막을 환히 빛냈다고 말입니다. 댄이 깜빡 잠들었다 일어났을 땐 이미 아침이었고, 이름 모를 아이는 사라지고 없었지요.

　크리스마스 다음 날, 양치기는 마을에 내려갈 일이 있었습니다. 사내아이들이 하나둘씩 몰려와 평소처럼 "부루퉁 할아범이다!" 소리쳤습니다. 같이 끼어 있던 네드도 따라서 소리치려 했습니다. 하지만 곧 네드는 댄과 눈이 마주쳤습니다. 한동안 노인과 소년은 서로를 처음 보는 것처럼, 아니, 아주 오랜만에 만나는 친구처럼 바라보았습니다. 네드는 입을 다물었고 댄도 아무 말 않고 그 옆을 지나 농장으로 향했지요.

　농장에서 볼일을 마친 댄은 지나가듯이, 새해부터는 사내아이 한 명을 데리고 일할까 싶다고 말했습니다.

　"그야 환영이죠. 생각해둔 아이라도 있습니까?"

　농부가 물었습니다.

"다른 아이들도 나쁘지 않지만, 꼬마 네드 주얼로 하고 싶소."

"그 애가 가려고 할까요?"

농부가 의심스럽게 물었습니다. 둘 사이가 좋지 않은 걸 알기 때문이었어요.

"그럴 거라 생각하오."

댄은 무뚝뚝하게 말했습니다.

모두가 놀랍게도 네드는 그러겠다고 했습니다. 네드는 그날 바로 댄을 따라나섰고, 새해 첫날 꼬마 양치기와 늙은 양치기는 함께 나란히 마을로 내려왔답니다.

---

1 **무드셀라** 성서에 등장하는 인물. 에녹의 아들이자 노아의 할아버지로 969세까지 가장 오래 산 사람이라 알려져 있다.

서쪽 숲 나라

WEST WOODS

난 그대가 유월의 풀밭보다

달콤하단 걸 안다오.

달을 바라보는 저 별만큼이나

밝게 빛나는 것도.

난 나의 풀밭을 갈망하고

나의 별을 꿈꾼다오.

비록 그대가 누구인지,

전혀 알지 못한다 해도.

1

부지런한 나라의 젊은 왕이 시 마지막 줄을 끝맺었을 때 하녀 셀리나가 똑똑 문을 두드렸습니다.

"무슨 일이야, 셀리나?"

왕은 짜증난다는 듯이 물었습니다.

"대신들이 뵙자고 합니다."

셀리나가 말했습니다.

"무엇 때문에?"

"제겐 말해주지 않던걸요."

"난 글을 써야 해. 바빠."

왕이 말했습니다.

"당장 오시랬어요."

셀리나가 대꾸했습니다.

"음, 그럼 네가 가서 대신들한테…"

"저는 계단 청소를 해야 해서요."

왕은 끄응 소리를 내며 펜을 내려놓고 밖으로 나왔습니다. 막 계단을 내려가려는데 셀리나가 말했습니다.

"폐하께서 대신들을 만나시는 동안 제가 이 방을 청소해도 되겠죠? 그래도 될 것 같은데요."

"그래, 하지만 책상엔 손대지 마. 제발. 매번 말하는 거지만 말이야."

셀리나는 그저 이렇게 대답했습니다.

"아, 알겠습니다. 계단 양탄자를 눌러 놓은 쇠막대나 조심하세요."

"무슨 소리야, 쇠막대는 있지도 않잖아?"

"그러니까 말이죠."

"가끔 셀리나는 말도 안 되는 소리를 한단 말이지."

젊은 왕은 혼잣말을 했습니다. 종종 그랬듯이 '셀리나를 궁전에서 내보내는 편이 낫지 않을까? 쫓아내면 그만인데.' 하고 생각했지만, 역시 실행에 옮기지는 못했습니다. 그럴 때마다 셀리나가 갈 곳이 없다는 사실이 떠올랐거든요.

셀리나는 태어난 지 한 달 만에 고아원 계단에 버려져, 하녀 일을 배우며 자랐습니다. 열네 살이 되자 옷가지가 담긴 양철 가방 하나만 달랑 들고 궁전에 들어와서 5년 동안 정말 열심히 일했지요. 덕분에 부엌 심부름꾼 소녀에서 벗어나, 왕의 침실을 청소하는 하녀 자리까지 올라왔습니다. 만약 셀리나를 내쫓는다면 아마도 그녀는 고아원으로 돌아가 남은 인생을 보낼 수밖에 없을 거라고 왕은 생각했습니다. 그래서 그저 셀리나를 잠깐 흘겨보고는, 쇠막대 없는 양탄자 깔린 계단을 조심조심 밟으면서 접견실로 내려갔습니다.

부지런한 나라에는 왕비가 없었기에, 대신들은 틈만 나면 우르르 몰려와 어서 왕비를 맞아들이라고 조언했습니다. 물론 그들이 말하는 왕비가 될 여인은 반드시 공주여야만 했고요.

"어떤 공주들이 있소?"

젊은 왕이 물었습니다. 그의 이름은 존이었습니다. 아버지 선대왕은 존이라는 이름을 가진 사람들이 평소 일을 잘하고 무의미한 농담도 하지 않는다고 믿었기 때문에, 아들이 태어나자 그 이름을 붙여주었습니다. 부지런한 나라 국민들은 허튼소리를 믿지 않았고, 다들 자기 일에 푹 파묻혀서 그 너머는 쳐다볼 겨를이 없었습니다. 다만 맡은 일만큼은 철두철미하게 하는 성격들이었지요. 대신들의 임무 중 하나는 그들의 왕을 공주와 결혼시키는 일이었고, 왕이 수행할 임무 중 하나도 바로 그랬습니다. 젊은 존 왕 역시 어릴 때부터 착실히 이 나라 교육을 받으며 자라왔으니, 결혼 문제가 거론되자 군말 없이 따르기 위해 물었던 것입니다.

"어떤 공주들이 있소?"

총리 대신이 목록을 살펴보았습니다.

"지도를 보면, 부지런한 나라 꼭대기보다 위쪽인 북쪽 산 나라에 공주가 있습니다. 아래로 가면 남쪽 나라에도 공주가 있고, 오른편 동쪽 늪 나라에도 공주가 있지요. 폐하께서는 이들 중 아무에게나 청혼하시면 됩니다."

"그럼 왼편 서쪽 숲은 어떻지? 서쪽엔 공주가 없는 건가?"

존이 물었습니다.

대신들의 얼굴이 심각해졌습니다.

"저희는 모릅니다, 폐하. 서쪽에 무엇이 있는지는. 역사가 시작된 이후로 그 누구도, 이 나라와 서쪽 숲 사이를 가로막은 울타리를 넘어가본 적이 없으니까요. 짐작건대 서쪽 숲은 마녀들이 모여 사는 황량한 폐허일 거란 의견입니다."

"어쩌면 사랑스러운 공주가 사는 풍요로운 초록빛 땅일지도 모르잖나. 내일 내가 서쪽 숲으로 사냥을 나가 살펴보겠다."

존 왕의 말에 대신들은 깜짝 놀라 외쳤습니다.

"폐하! 그건 금지된 일입니다!"

"금지된 일이라…."

존은 생각에 잠겨 되풀이했습니다. 지금까지 잊고 지냈던 어린 시절, 그의 부모님이 결코 서쪽 숲으로 가서는 안 된다고 경고했던 기억이 떠올랐습니다.

"왜요?"

어린 존이 어머니에게 물었습니다.

"거긴 위험으로 가득하단다."

어머니는 존에게 말했지요.

"어떤 위험이요, 어머니?"

"그건 말해줄 수 없구나. 나도 모르니까."

"그러면 거기가 위험하단 걸 어떻게 아나요, 어머니?"

"모두가 알아. 이 나라에 사는 모든 어머니들이 자기 아이들한테 경고해주지. 나처럼 말이다. 서쪽 숲나라엔 너무나 이상한 어떤 것들이 있다고."

"하지만 어쩌면 위험하지 않을지도 몰라요."

어린 존 왕자는 말했습니다. 그때 존의 머릿속은 온통 서쪽 숲에 있다는 이상한 어떤 것에 대한 생각으로 가득 찼습니다. 너무나 궁금해 어느 날 궁전을 빠져나와 서쪽 숲으로 가보려고 했습니다.

그런데 국경 경계선에서, 존은 나무 널빤지를 촘촘히 이어 만든 커다란 울타리와 마주쳤습니다. 아버지 왕국과 맞닿은 서쪽 숲을 기나긴 벽처럼 전부 가려 놓은 울타리였습니다. 어린아이가 그 너머를 건너다보기엔 너무 높고, 그 사이로 들여다보기에도 너무 빽빽해 빈틈이라곤 없었지요.

흘러온 시간만큼이나 오래된 울타리를 따라 아이들이 바짝 달라붙어 있었습니다. 어떻게든 틈새로 엿보려고 웅크리거나 까치발로 서거나, 금이 간 곳은 없는지 찾으면서요. 존 왕자도 웅크려보고, 힘주어 널빤지를 밀어도 봤지만 헛수고였습니다. 왕자는 실망한 채 씁쓸히 궁전으로 돌아와 어머니에게 갔습니다.

"누가 서쪽 숲 주위에 울타리를 세웠나요, 어머니?"

존이 묻자 어머니는 당황스럽게 외쳤습니다.

"오, 너도 거길 가봤구나! 그 울타리를 누가 언제 세웠는지는 아무도 모른단다. 사람들 기억에서 이미 사라진 일이야."

"저는 울타리를 부숴버리고 싶어요."

존 왕자가 말했습니다.

"그건 널 지키기 위해 있는 거다."

"무엇으로부터 지킨다는 건가요?"

하지만 그건 왕비도 몰랐기 때문에 대답해줄 수 없었지요. 그래서 그저 고개를 젓고는 자기 입술에 가만히 손가락을 올렸습니다.

울타리가 방어하고 있는데도 부지런한 나라 어머니들은 늘 자녀들에게 그 너머는 위험하다고 주의를 주었습니다. 그래도 아이들은 틈만 나면 울타리로 뛰어가 엿볼 틈새를 찾곤 했고, 서쪽 숲에 가보고 싶다는 소망을 잃지 않았습니다. 그들이 커서 결혼하고, 자녀를 낳기 전까지는 말예요. 그때가 되면 그들도 새삼 자기 아이들에게 본 적 없는 위험에 대해 경고했습니다.

그러니 존 왕이 서쪽 숲으로 사냥을 가겠다고 하자 대신들이 화들짝 놀란 것도 당연했지요. 그들은 또다시 소리쳤습니다.

"그건 금지된 일입니다!"

"내가 소년이었을 때 어머니도 그렇게 말씀하셨지. 하지만 우린 내일 서쪽 숲으로 갈 거다."

젊은 왕이 말했습니다.

"폐하! 만약 그 울타리를 무너뜨린다면 이 나라 모든 아버지와 어머니들이 폐하께 대항해 들고 일어날 것입니다."

"걱정 마라. 울타리를 뛰어넘을 테니까."

존 왕은 셀리나에게 짐을 챙기라고 말하려다가, 셀리나가 책상에 빗자루를 기대 놓고 그가 쓴 시를 읽고 있는 걸 발견했습니다.

"그만두지 못해?"

왕은 날카롭게 말했습니다.

"네, 그럴게요."

셀리나는 책상에서 물러나더니 벽난로 선반의 먼지를

털기 시작했습니다. 존은 그녀가 뭔가 다른 말을 하지 않을까 기다렸지만, 그러지 않았기에 할 수 없이 자기가 말을 꺼내야 했습니다. 그는 다소 차갑게 말했습니다.

"나는 내일 사냥을 나갈 거다. 짐을 챙겨라."

"무슨 짐이요?"

셀리나가 물었습니다.

"사냥에 필요한 짐들이지, 당연히."

왕은 그렇게 대답하고 속으로 생각했습니다.

'셀리나는 정말 머리가 나쁜 게 틀림없어.'

"알았어요. 그러니까, 사냥을 가신다는 건가요?"

"내가 방금 그렇게 말하지 않았나?"

"어디로 가세요?"

"서쪽 숲으로."

"설마요!"

셀리나가 말했습니다.

"제발…"

존이 잔뜩 화가 나서 말했습니다.

"내가 하는 말의 뜻을 네가 이해했길 바랄게."

셀리나가 책상 먼지를 털기 시작하자, 먼지떨이에 튕겨 존의 글이 적힌 종이가 바닥으로 떨어졌습니다. 존은 화내면서 그걸 집어 들고는 잠깐 망설이며 뺨을 붉히더니 마침내 말했습니다.

"그래, 너 이걸 읽은 거지. 그렇지?"

"으-흠!"

셀리나는 고개를 끄덕였습니다. 한동안 꽤 긴 침묵이
이어졌습니다.

"그래서?"

"시 같은 거죠. 그렇죠?"

"그래."

"그런 것 같았어요. 음, 이제 침실 청소는 다 끝났네요."

셀리나는 방에서 나가버렸지요. 셀리나에게 머리끝까지 화가
난 존 왕은 자기가 쓴 '시 같은 것'을 구겨, 작은 공처럼 만들어
휴지통에 던져버렸습니다.

2

이튿날 사냥 행렬은 서쪽 숲을 향해 출발했습니다. 기대로 부푼
젊은 왕이 백마를 타고 앞장서고, 사냥꾼들과 대신들이 뒤를
따랐습니다. 곧 높다란 울타리가 나타났는데, 왕에겐 어렸을
때만큼 높아 보이진 않았습니다. 지금도 아이들이 울타리 앞에
쪼그리고 앉아 틈새를 찾고, 까치발로 저 너머를 보려고 헛되이
애쓰고 있었습니다.

"한쪽으로 물러서라, 꼬마들아!"

왕은 소리치며 말을 달렸습니다. 마치 크고 하얀 새처럼, 백마는

순식간에 울타리를 넘어갔습니다. 뒤따르는 신하들의 말발굽 소리가 이어졌지만, 누구도 왕이 한 것처럼 울타리를 뛰어넘지는 않았습니다. 그들 가운데 몇몇은 아버지였기에, 자식들에게 서쪽 숲에 도사린 위험을 경고하다 보니 그들도 서쪽 숲이 두려워진 탓이었지요. 또 다른 몇몇은 아들이어서, 왕이 서쪽 숲으로 사냥하러 간다는 소문을 들은 부모들이 절대 들어가지 말라고 신신당부했습니다. 그래서 아버지와 아들 들은 모두 울타리 근처에서 말 머리를 돌렸고, 오직 부모도 자식도 없는 존 왕만이 홀로 담을 뛰어넘어 숲속으로 들어갔습니다.

존이 반대편으로 뛰어내렸을 때 가장 먼저 느낀 건 실망감이었습니다. 말라비틀어진 나뭇잎들이 백마의 발목 높이까지 덮이고, 덤불숲이 앞을 가로막았습니다. 삭정이와 마른 나뭇가지, 검게 변한 고사리가 허연 이끼에 덮여 썩어가고, 쓰레기도 가득했습니다. 찢어진 그림, 망가진 인형, 깨진 찻잔과 녹슨 나팔, 부서진 새 둥지와 빛바랜 꽃목걸이, 너덜너덜한 리본, 금 간 유리구슬 따위가 사방에 널려 있었지요. 표지가 떨어져 나간 책은 낙서투성이고 오래된 물감 상자엔 굳어서 못 쓰는 물감이 조금 남았을 뿐, 수두룩한 잡동사니는 죄다 쓸모없는 사물들이었습니다. 왕은 망가진 팽이와 꼬리가 끊어진 연을 주워 줄을 감아보고, 연도 날려보려 했으나 뜻대로 되지 않았습니다.
존은 실망과 당황스러움을 감춘 채, 말을 몰아 쓰레기 장벽을 뚫고 나아갔습니다. 이번엔 접시처럼 평평하고 사막만큼 넓은 회색 모래 벌판이 펼쳐졌습니다. 어찌나 넓은지 끝이 안 보였고, 한 시간 가까이 말을 달려도 먼 곳이나 가까운 곳이나 똑같은 풍경만 계속됐지요.

문득 그는, 아무것도 없는 이곳에서 영원히 말을 달리게 될지도 모른다는 공포에 사로잡혔습니다. 뒤돌아보니 멀리 그가 떠나온 장벽이 그림자처럼 어렴풋 분간될 뿐이었습니다.

'저 풍경조차도 보이지 않는다고 생각해봐! 이 황무지에서 다시는 빠져나갈 수 없을 거야.'

공포 속에서 존은 말 머리를 돌려 장벽을 향해 힘껏 내달렸습니다. 마침내 한 시간 뒤 울타리를 뛰어넘어 안도의 한숨과 함께 부지런한 나라 땅을 밟았습니다. 울타리에 달라붙은 아이들이 왕을 보고 기뻐하며 소리쳤지요.

"무엇을 봤나요? 무엇을?"

"쓰레기 더미 말고는 아무것도 없었다."

존 왕이 말했습니다. 아이들은 의심스러운 눈길로 왕을 바라보았습니다.

"그럼 숲속엔 뭐가 있었어요?"

한 아이가 물었습니다.

"숲 같은 것도 없었다."

존이 대꾸했습니다. 아이들이 믿지 못하겠다는 듯이 쳐다보자 그는 뒤돌아 대신들이 왕의 이름을 기쁘게 연호하는 궁전으로 말을 몰았습니다.

"무사하셔서 천만다행입니다, 폐하! 신께 감사를!"

대신들은 그렇게 외치고 아이들과 똑같이 물었습니다.

"무엇을 보셨습니까?"

"그 무엇도, 그 누구도 없었다."

존이 대답했습니다.

"마녀 하나조차 없던가요?"

"고독한 공주 하나 없더군. 그러니 내일 북쪽 나라로 가서 청혼을 해보겠다."

그는 위층으로 올라가 셀리나에게 짐가방을 꾸리라고 말했습니다.

"어디로 가시나요?"

셀리나가 물었습니다.

"북쪽 산. 공주를 만나러."

존 왕이 말했습니다.

"털외투와 털장갑이 필요하시겠네요."

셀리나는 짐을 챙기러 나갔습니다. 존은 자기가 썼던 시가 필요할지도 모른다 싶었지만, 휴지통을 들여다보니 이미 셀리나가 깨끗이 비워버린 뒤였습니다. 왕은 무척이나 짜증이 나서, 잠자리에 들기 전 셀리나가 따뜻한 우유를 가져다줄 때도 그녀에게 '잘 자라'는 인사조차 하지 않았답니다.

북쪽 산 나라에 도착한 존은 아무도 그를 마중 나오지 않았다는
사실에 꽤나 놀랐습니다. 온다는 소식을 미리 전했고 이웃
나라 왕의 방문이 흔한 일도 아닐 텐데, 당연하게 여기는 건가
의아했습니다. 산이 많은 북쪽 날씨는 무척 서늘했습니다. 아니,
서늘하다기보다 싸늘했고, 오싹할 만큼 추웠다고 해야겠군요.

집과 가게, 거리 곳곳에 사람들이 있었으나 존이 옆을 지나가도
쳐다보지 않았습니다. 우연히 눈이 마주쳐도 그들 표정엔 작은
움직임조차 없었습니다.

'설마 아예 표정이 없는 건 아니겠지. 저렇게 차갑게 굳은 얼굴은
난생처음 보는군.'

존은 생각했습니다. 그들을 바라보기만 해도 으슬으슬 한기가
느껴졌습니다. 냉랭한 공기도 마치 얼어붙은 눈처럼 허공에
정지된 것만 같았습니다. 그다지 마음에 드는 시작은 아니었지요.
그래도 젊은 왕은 말을 몰아 궁전으로 올라갔습니다. 산꼭대기
빙하 위에 우뚝 솟은 궁전은 얼음을 깎아 세운 듯 번쩍거렸고,
그는 말과 함께 길고 힘든 등반길을 이어갔습니다. 마침내 정상에
도착했을 때, 그의 손은 빨갛게 코는 파랗게 얼어 있었습니다.

성문에서 존이 이름을 대자, 키 크고 말이 없는 문지기가
알현실로 따라오라고 손짓했습니다. 존은 뒤따라가며 지금 자기
외모나 몸 상태가 썩 좋지 않다는 걸 느꼈습니다. 알현실은 새하얀

휘장으로 둘러쳐져 마치 얼음 창고에 들어서는 기분이었습니다. 불을 쬘 곳을 찾던 존은 커다란 난로를 발견했지만, 그 안엔 얼음덩이만 가득했습니다.

알현실 끝 왕좌에는 북쪽 왕이 앉아 있었고, 신하들은 두 갈래로 줄지어 조각상처럼 꼼짝도 않고 서 있었습니다. 여자들은 하얀 옷, 남자들은 유리 갑옷을 입었는데, 왕이 무엇을 입었는지는 보이지 않았습니다. 턱과 뺨에서 폭포처럼 흘러내린 하얀 수염이 왕의 몸을 발끝까지 덮어버렸기 때문이지요. 북쪽 공주는 눈처럼 하얀 베일로 얼굴을 가린 채 왕의 발치에 앉아 있었습니다.

문지기가 알현실 문 앞에 멈춰서서 속삭였습니다.

"부지런한 나라의 존 왕이십니다."

그 목소리는 알현실의 정적을 깨뜨리기엔 턱없이 모자랐습니다. 누구도 움직이거나 입을 열지 않았지요. 젊은 왕은 방 안으로 걸음을 내디뎠습니다. 정확히 냉동창고에 들어가는 양고기 한 조각이 된 기분이었지만, 딱히 다른 방법이 없었기에 그는 용기를 끌어모아 왕좌 발치까지 미끄러져 갔습니다. 물론 미끄럼을 탈 마음은 없었으나, 바닥이 얼어 있으니 어쩔 도리가 없었습니다. 늙은 왕은 차갑고 미심쩍은 눈초리로 젊은 왕을 바라보았습니다. 존은 한두 번 목청을 가다듬고 가까스로 속삭였습니다.

"이 나라 공주님께 청혼하러 왔습니다."

북쪽 왕은 공주가 있는 발치를 향해서 눈에 띌 듯 말 듯 슬쩍 고개를 기울였습니다.

청혼할 테면,

하라!

하는 뜻 같았습니다. 존은 도대체 어떻게 구애를 시작해야
좋을지 알 수가 없었습니다. 그가 썼던 시라도 기억나면 좋으련만!
필사적으로 시구절을 떠올리려 애썼지만, 유감스럽게도
시인들에겐 처음 스쳐 간 영감이 모든 것이니까요. 첫 느낌을
잃어버리면 결코 같은 시로 되살릴 수 없는 법입니다. 존은 최선을
다해 무릎을 꿇고, 바스락 소리도 내지 않는 공주를 향해서
속삭였습니다.

그대는 눈송이보다 새하얗고

얼음장보다 차갑다네.

베일 아래 얼굴을 볼 수 없지만,

아마도 다정하진 않겠지.

눈처럼 추운 여인이여,

그대와 결혼하고 싶지 않소.

하지만 나는 청혼을 위해 왔으니

부디 그대가 거절해주오!

청혼이 끝나자 숨막힐 듯한 정적이 이어졌습니다. 존은
아무래도 시를 잘못 읊은 게 틀림없다는 생각이 들었습니다.

그는 5분쯤 기다리다 허리 숙여 인사하고, 뒤돌아 알현실 바닥을 미끄러져 나왔습니다. 밖에 나오자 비로소 가슴을 쓸어내리며 몇 번이나 "휴!" 한숨을 내쉬었지요. 그러고는 재빨리 말에 올라 뒤도 돌아보지 않고 부지런한 나라로 돌아왔습니다.

"마음을 정하셨습니까?"

대신들이 물었습니다.

"완전 마음을 굳혔지."

대신들은 기뻐하며 손바닥을 비벼댔습니다.

"그럼 결혼식은 언제 열리는 것입니까?"

"절대로 안 열려!"

존은 그렇게 말하고 자기 방으로 올라가, 셀리나를 불러 난롯불을 지피라고 했습니다. 셀리나는 난롯불 지피는 데는 선수였기 때문에 눈 깜짝할 사이 활활 불이 타올랐습니다. 난롯가에 떨어진 재를 말끔히 치우며 셀리나가 물었습니다.

"북쪽 공주님과는 잘 되셨습니까?"

"전혀."

젊은 왕이 대답했습니다.

"공주님이 싫어하신 건가요?"

"네 분수를 알아라, 셀리나!"

왕이 쏘아붙였습니다.

"오, 알겠습니다. 더 시키실 일은 없으세요?"

"있어. 내 짐을 풀어서 다시 챙겨줘. 내일은 남쪽 나라 공주를 만나러 간다."

"그럼 밀짚모자와 리넨 잠옷이 필요하시겠군요."

셀리나가 짐을 챙기러 나가려는데 존이 다시 불렀습니다.

"어… 그런데 셀리나?"

셀리나는 문가에서 멈췄습니다.

"내가 썼던… 그러니까 셀리나 네가 읽었던 그… 아무튼 '시 같은 것' 말이야. 혹시 내용을 기억해?"

"저는 해야 할 일이 너무 많아서 시를 외우고 다닐 틈이 없어요."

셀리나는 그렇게 말하고 방을 나가버렸습니다. 왕은 무척 기분이 상해서, 잠자리에 들기 전 셀리나가 돌아와 뜨거운 물주머니를 침대에 넣어주었을 때도 '고맙다'는 말을 건네지도 않았답니다.

4

다음날 젊은 왕은 남쪽 나라를 향해 출발했습니다. 여행길이 너무 상쾌해 잠시 희망과 즐거움이 샘솟았습니다. 하늘은 파랗고, 바람은 잔잔하고, 햇살도 따사로웠으니까요. 하지만 갈수록 하늘은 더욱더 파래지고, 바람은 더욱더 잠잠해지고, 햇살은 따갑도록 쨍쨍해졌습니다.

어느덧 존이 남쪽 나라에 도착했을 땐 즐거움은 사라지고 나른함만이 몰려왔습니다. 남쪽 땅은 짙은 장미 향기가 어지럽게 풍기고, 맹렬한 태양빛에 눈이 멀 것 같아 하늘을 쳐다볼 수도 없었으며, 이글거리는 땅의 열기는 말발굽에 댄 편자까지 녹여버렸지요. 존의 말은 지쳐서 비틀거렸습니다. 땀에 젖은 말의 옆구리는 번들번들했고, 말 주인의 이마와 뺨에서도 연신 땀이 흘러내렸습니다. 이번에도 미리 전령을 보내 그가 온다는 소식을 알렸지만, 역시나 아무도 마중 나오지 않았습니다.

남쪽 왕이 사는 도시는 잠든 것처럼 고요했고 창문마다 블라인드가 내려져 있었습니다. 거리엔 사람들 흔적을 찾을 수 없었지만, 딱히 궁전으로 가는 길을 물어볼 필요도 없었습니다. 윤기 나는 황금으로 지어진 둥근 돔과 뾰족탑이 1마일 밖에서도 태양처럼 번쩍이고 있었으니까요. 존의 말은 비틀거리며 성문까지 겨우 도달하더니, 지쳐서 그 자리에 털썩 주저앉고 말았습니다. 그 역시 휘청휘청 안장에서 내려와 문지기에게 간신히 자신의 이름을 전했습니다. 하지만 덩치 큰 뚱뚱한 문지기는 그저 하품만 할 뿐 전혀 관심을 보이지 않았기 때문에, 결국 존은 스스로 알현실로 가는 길을 찾아야만 했습니다.

남쪽 왕은 호화로운 금빛 소파에 기대앉았고, 그 발치에 잔뜩 포개 놓은 금빛 베개들 위에서 공주가 뒹굴거렸습니다. 알현실 곳곳 방석을 쌓아 올린 푹신한 금빛 의자엔 신하들이 한가로이 앉아 있었지요. 모두가 금빛 옷을 입어서, 존은 그

널브러진 뭉텅이들이 뭐가 사람이고 뭐가 방석인지 도저히
구별하기 힘들었습니다. 하지만 남쪽 왕과 그의 딸만큼은 확실히
알아볼 수 있었습니다. 공주는 매우 아름다웠고 또한 너무나도
뚱뚱했습니다. 그녀의 아버지는 딸보다 더욱더 뚱뚱했고요. 존이
가까이 다가가자 남쪽 왕은 느릿느릿 졸음이 밴 미소를 지었으나,
단지 그뿐이었습니다.

"이 나라 공주님께 청혼하러 왔습니다."

존은 녹아버릴 듯이 중얼거렸습니다. 왕은 아까보다 더
기름지고 졸린 듯한 미소를 지었습니다.

흐음…
네 맘대로 하라.

하는 뜻 같았습니다. 모두가 존이 뭔가를 시작하기만을
기다리는 듯이 보였습니다. 그러니 존은 뭐라도 해야만 했고,
절망 속에 될 대로 되라는 심정으로 잃어버린 시를 기억해 내려
애썼습니다. 분명 공주의 마음을 움직일 그 시구절을! 머리가
어질어질했지만, 마침내 존은 나른히 드러누운 여인 앞에 무릎을
꿇고 조용히 읊어나갔습니다.

그대는 버터보다도 미끄러우니
불 곁에서 녹아버릴 것만 같네.

그렇게 나른히 녹아버리면

난 그대와 살아갈 수가 없겠지.

그대 앞에 무릎 꿇은 이 순간

내 용기는 사그라들고 있소.

비록 청혼을 위해 여기까지 왔으나

그대여, 부디 거절해주오.

공주는 존의 얼굴에 대고 늘어지게 하품을 했습니다.

더 이상 아무 일도 일어나지 않았기에 존은 일어나 밖으로 나왔지요. 쓰러진 말을 일으켜 세워 올라타고는 함께 터덜터덜 부지런한 나라로 돌아왔습니다. "아무래도 그 시가 아니었던 것 같아." 몇 번이나 혼잣말하면서 말입니다.

젊은 왕을 간절히 기다리던 대신들이 입을 모아 물었습니다.

"모든 일이 잘 풀리셨습니까? 남쪽 공주님과는 마음이 맞으셨는지요?"

"완벽하게!"

존이 말했습니다. 대신들은 만족해서 활짝 웃었습니다.

"그럼 그분을 폐하의 신부로 맞이하는 날짜가 언제입니까?"

"언제까지나 없어."

존은 자기 방으로 올라가 셀리나에게 차가운 오렌지 주스를 가져다 달라고 했습니다. 셀리나는 오렌지 주스를 아주 맛있게 만들거든요. 금세 셀리나는 주스가 담긴 긴 유리잔에 빨대를 꽂아 가져왔고, 그 속엔 작은 오렌지색 얼음조각이 가득 떠다녔습니다. 존이 마시는 동안 셀리나가 물었습니다.

"남쪽 공주님과는 잘 되셨나요?"

"아니."

"공주님이 폐하를 좋아하지 않으셨나 보군요."

"네 위치를 기억했으면 좋겠어, 셀리나!"

"오, 그러겠습니다. 더 시키실 일은 없나요?"

"있어. 내일은 동쪽 늪지대 공주를 만나러 가야 해."

"그럼 긴 장화와 비옷이 필요하겠네요."

셀리나가 존의 가방을 들고 짐을 챙기러 나가려 할 때였습니다.

"잠깐만, 셀리나."

그가 불렀습니다.

셀리나는 멈춰서 기다렸습니다.

"내 방 휴지통에 들어 있는 것들은 어디다 버리지?"

"밖에 큰 쓰레기통에 버리죠."

셀리나가 말했습니다.

"이번 주에 그 쓰레기통을 비웠을까?"

"그럼요. 제가 일부러 청소부를 불러서 비웠어요. 유난히 쓰레기가 많더라고요."

셀리나가 대답하자 존은 너무 화가 나서 속이 부글부글 끓었습니다. 그래서 그녀가 다시 돌아와 시원하게 목욕할 수 있도록 준비해 두었다고 말했을 때도, 그는 등을 돌린 채 창문을 툭툭 두드리며 마치 셀리나 따위는 보이지도 않는다는 듯이 노래만 흥얼거렸답니다.

5

동쪽 늪 나라로 향하는 여행은 북쪽 산이나 남국으로 갔던 것과는 사뭇 달랐습니다. 목적지에 가까워질수록 거칠고 요란한 바람 때문에, 젊은 왕은 몇 번이나 말 안장에서 떨어질 뻔했습니다. 온 세상 바람이 이 나라로 모여든 것 같았습니다. 일제히 휘이잉 불어 대고 포효하고 으르렁대며, 나뭇가지를 때리고 기둥과 울타리를 쓰러뜨렸지요. 사방에서 요란하게 덜컹대는 소리가 존의 귀를 먹먹하게 만들었습니다.

존은 모자가 날아갈까 봐 연신 붙잡으면서, 말에서 떨어지지 않으려고 버티느라 경치를 둘러볼 겨를도 없었습니다. 그저 동쪽 나라 시골은 거칠고 습기로 질퍽거리며, 도시는 아름다움이라곤 없는 회색 돌덩이로 지어졌다는 사실만 알아차렸습니다.

"적어도 조용한 곳은 아니겠군."

북쪽의 차가운 침묵과 남쪽의 축 늘어진 더위와 비교하며 그는 중얼거렸습니다. 그렇습니다. 절대 조용한 곳이 아니었지요. 모두가 도시 곳곳을 뛰어다니며 시끄럽게 떠들어댔고, 무엇을

하든 격렬해 보였습니다. 창문은 덜컹거리고, 문은 쾅쾅 열렸다
닫히고, 개들은 짖어대고, 마차는 천둥처럼 거리를 누볐습니다.
사람들은 일하는 동안에도 발을 쿵쿵거리며 고래고래 목청을
높였고요.

'과연 이번엔 마중 나온 사람이 있을까?'

역시 미리 전령을 보내놓았기 때문에 존은 헛되이 기대를
걸어보았습니다. 그래서 커다란 화강암으로 지어진 궁전에
이르러, 성문이 벌컥 열리고 사람들 한 무리가 우르르 몰려나오자
순간 반가웠습니다. 무리를 이끄는 이는 짧은 치마를 입고
머리카락을 휘날리며 손에 긴 막대를 쥔 젊은 여인이었는데,
존에게 돌진해 오더니 대뜸 그의 말갈기를 낚아채며
고함쳤습니다.

"이봐, 하키 할 줄 알아?"

존이 미처 대답할 틈도 없이 여인은 소리질렀습니다.

"사람 하나가 모자라거든? 따라와!"

여인은 존을 말 등에서 땅으로 끌어내렸습니다. 정신 차려보니
존의 손엔 막대가 들려 있고, 궁전 뒤편 진흙이 발목까지 올라오는
넓은 공터에 끌려와 있었지요. 공터는 깎아지른 절벽 끄트머리
땅이었는데, 절벽 아래엔 차가운 회색 파도가 바위를 성난 듯
채찍질하고 허공엔 칼바람이 휘몰아쳐 사람들을 때렸습니다.

경기가 시작됐지만 존은 자기가 어느 편인지, 지금 무슨
경기를 하고 있는지 통 알 수가 없었습니다. 한 시간 내내 바람에

시달리고 막대에 얻어맞고 짠 바닷물을 뒤집어썼을 뿐입니다. 고막을 찢을 것 같은 아우성 속에 이리저리 거칠게 떠밀리다 고꾸라져, 머리부터 발끝까지 진흙투성이가 되었을 때야 간신히 경기가 끝났습니다. 존은 지칠 대로 지쳐 진흙밭에 주저앉았지만 휴식은 허락되지 않았지요. 젊은 여인이 그의 등짝을 탁 치며 말을 걸었습니다.

"일어나봐! 넌 누구야?"

존은 가쁜 숨을 몰아쉬며 대답했습니다.

"부지런한 나라 존 왕이오."

"아하, 그래? 여긴 뭣 하러 왔어?"

"공주님께 청혼하기 위해서."

"맙소사! 그런 건 빨리빨리 말했어야지! 자, 어서 해봐."

"하지만 설마 당신이 공주는 아니겠…"

약간 경계하며 젊은 왕이 말했습니다.

"내가 늪 나라 공주야. 왜 아니겠어? 빨리 청혼해보라고!"

존은 정신을 가다듬고 잃어버린 시를 기억해 내려고 미친 듯이 애썼습니다만, 그의 입에선 이런 구절이 굴러 나왔습니다.

그대는 천둥보다도 시끄럽고

저 바다 소금보다도 까칠하다오.

우린 태어난 대로 살아갈 뿐이니

어차피 서로의 잘못은 아니오.

내 취향은 그대와 다르고,

그대의 방식도 나와는 다르지.

비록 청혼하러 여기까지 왔으나

그대여, 부디 거절해주오.

"하, 그럴 순 없지!"

공주는 사납게 고함치더니 하키 막대를 머리 위로 치켜들고는 존에게 달려들었습니다. 그녀 뒤를 지키던 성난 신하들도 저마다 막대를 쳐들고 쫓아왔습니다. 존은 무시무시한 진흙투성이 무리를 흘끗 보고는 그대로 뛰기 시작했습니다. 막대에 흠씬 얻어터지기 직전, 그는 말 등에 올라타고 온 힘을 다해 달렸습니다. 늪지대 사람들의 아우성이 바람에 묻혀 잦아들 때까지 전속력으로요.

마침내 젊은 왕은 진흙투성이가 된 몸을 피곤하게 이끌고 그의 나라 궁전에 도착했습니다. 계단 위에서 그를 기다리던 대신들이 외쳤습니다.

"다녀오셨습니까, 폐하! 동쪽 나라 공주님과는 뜻이 맞으셨는지요?"

"완벽하게!"

숨을 몰아쉬며 존이 말했습니다. 대신들은 기뻐서 춤을 출 지경이었습니다.

"그럼 공주님과는 경사스러운 날을 언제로 정하셨습니까?"

"영영 정하지 않을 거다!"

사납게 외치고 존은 자기 방으로 뛰어 올라가, 큰 소리로
셀리나를 불러 잠자리를 준비하라고 했습니다. 셀리나가 아주
조용하고 재빠르게 침대를 정리해, 당장 드러누워 푹 쉬고 싶은
아늑한 잠자리가 준비되었지요. 셀리나는 존의 잠옷과 슬리퍼를
꺼내면서 물었습니다.

"동쪽의 공주님을 어떻게 생각하시나요?"

"생각을 안 하고 싶다!"

존은 얼굴을 찌푸렸습니다.

"그분이 폐하를 아주 질색하셨군요. 그죠?"

"네 신분을 잊지 마라, 셀리나!"

"오, 알겠습니다. 그럼 이제 다 끝난 건가요?"

"아니, 끝나지 않아. 끝이 날 리가 없지. 그게 없으면 아무것도
되는 일이 없을 테니까…."

"뭐가 없으면요?"

"내 시."

"시? 며칠 전에 쓰셨던 그 시 말인가요?"

"당연히 그거 말이지."

"저런, 왜 진작 말하지 않으셨나요?"

셀리나는 주머니에서 그 시가 적힌 종이를 꺼냈습니다.

6

젊은 왕은 분통이 터져서 발을 쾅쾅 굴렀습니다.

"넌 그걸 계속 갖고 있었던 거야, 그럼?"

존 왕이 소리쳤습니다.

"그러면 안 되나요? 폐하께서 버리셨잖아요."

"넌 그걸 쓰레기통에 버렸다고 했잖아."

"그런 말 한 적 없어요. 확실해요."

"거기 적힌 구절도 기억 못 한다고 말했으면서."

"그야 당연하죠. 저는 시에 관해 배운 적도 없는걸요."

"하지만 넌 그 시를 항상 갖고 다녔지."

"그건 아주 다른 문제예요."

"왜 그랬지?"

"제 마음이에요. 도대체… 자기 작품을 그렇게 함부로 다루다니."

셀리나가 퉁명스럽게 말했습니다.

"자기가 한 일을 소중히 여기지 않는 사람은, 다른 어떠한 일도 할 자격이 없는 거예요."

"난 소중하게 여겨, 셀리나."

존이 말했습니다.

"정말 소중히 대한다고. 시를 막 구겨서 버린 것도 진심으로 후회해. 나는 단지, 네가 그 시를 좋아하지 않는 줄 알았어."

"절대 그렇게 말한 적 없어요."

"그럼… 좋아했다고?"

"괜찮았어요."

"오, 셀리나. 정말인가? 괜찮았다고? 셀리나, 난 그 시를 잊어버렸어! 나한테 다시 읽어줘."

"그럴 수는 없어요."

셀리나가 말했습니다.

"다음부터는 자기가 쓴 글을 버리기 전에 잘 기억해둬야 한다는 걸 배우셔야 해요."

"잠깐. 지금 기억날 것 같아!"

문득 그는 무엇인가 깨달은 듯이 말했습니다.

"그래, 지금 이 순간 완벽하게 기억나. 들어봐!"

존은 셀리나의 손을 잡고 떠오르는 구절을 읊기 시작했습니다.

그대는 벌꿀보다 달콤하고

하얀 비둘기보다 포근하지.

세상 모든 남자가 찾아 헤매는

그대는 꿈처럼 사랑스러운 여인.

말해 무엇 하나, 그대 없이는

난 하루도 더 살아갈 수가 없네.

청혼하기 위해 여기 서 있으니

그대여, 부디 허락해주오!

정적이 흐르는 동안 셀리나는 앞치마만 만지작거렸습니다. 존이 걱정스레 물었습니다.

"이게 아니었나?"

"…거의 비슷하긴 해요."

"셀리나, 나와 결혼하겠다고 말해줘! 그렇게 말해줘, 셀리나!"

"내일 물어봐주세요. 서쪽 숲에서요."

셀리나의 말에 존은 놀라서 외쳤습니다.

"서쪽 숲! 거긴 금지된 곳인 줄 알잖아."

"누가 금지했는데요?"

"우리의 아버지 어머니 들이."

"글쎄요, 저는 부모님을 가져보지 못해서. 고아원에서 왔으니까요."

"그럼 넌 서쪽 숲에 가봤다는 거야?"

존이 물었습니다.

"네, 자주 다녀요. 쉬는 날마다."

셀리나가 말했습니다.

"내일은 오전만 일하는 날이에요. 뒷문에서 저를 기다려 주신다면 함께 서쪽 숲으로 갈게요."

"어떻게 들어가지?"

"울타리에 저만 아는 구멍이 있어요."

"우린 서쪽 숲에 뭘 준비해 가면 좋을까?"

존이 물었습니다.

"이거면 돼요."

셀리나는 존의 시가 적힌 종이를 주머니에 넣으며, 담담히
말했습니다.

7

다음 날 오후 일을 마친 셀리나는 레이스가 달린 연분홍빛
블라우스와 치마를 입고, 리본이 장식된 모자를 썼습니다. 젊은
왕은 뒷문에서 셀리나를 만나 나란히 손을 잡고, 부지런한 나라와
서쪽 숲을 갈라놓은 울타리로 향했습니다. 여느 때처럼 울타리엔
그 너머를 보려는 아이들이 올망졸망 달라붙어 있었습니다. 존과
셀리나가 나타나자 아이들은 호기심 가득한 눈빛으로 그들을
바라보았지요.

셀리나는 존의 손을 잡은 채 천천히 울타리를 따라갔습니다.
널빤지를 하나하나 톡톡 건드리며 작은 목소리로 숫자를
세면서요. 다 큰 어른들이 자기들처럼 행동하는 게 신기해서,
아이들은 무슨 일이 일어나는지 보려고 뒤를 졸졸 따라갔습니다.
존과 셀리나는 너무나 들뜨고 설렌 나머지, 아이들이 따라오는
것도 눈치채지 못했습니다.

마침내 777번째 널빤지 앞에서 셀리나가 말했습니다.

"바로 여기예요."

그러고는 널빤지 구멍으로 손가락을 넣어, 건너편에 걸린
작은 나무토막을 빼냈습니다. 널빤지가 좁은 문처럼 쑥 열리자
셀리나와 존은 그 사이를 비집고 들어갔습니다. 아이들도 뒤를
따라갔지요.

울타리 안으로 들어선 순간, 존은 눈앞에 펼쳐진 풍경이
믿기지 않아 눈을 비볐습니다. 싱싱하게 뻗은 나뭇가지마다
새들이 내려앉아 노래하고, 환한 햇살 아래 나뭇잎들이 행복하게
자라나고 있었으니까요. 게다가 꽃들은! 지금까지 그는 이렇게나
아름답고 향기로운 꽃들을 본 적이 없었습니다.

셀리나는 줄곧 존의 손을 잡고, 울창한 숲속에서 길을 이끌어
주었습니다. 드디어 숲을 빠져나오자 존은 믿을 수 없는
경이로움에 사로잡혔습니다. 그곳엔 거친 회색 모래사막 대신
푸르른 풀밭이 펼쳐져 있었습니다. 즐겁게 흐르는 개울과 저
멀리 보이는 폭포, 꽃을 피운 나무들이 가득했고요. 아담한 갈색
오두막들과 우윳빛 사원들도 평화로워 보였습니다.

이끼 낀 땅은 보라색 제비꽃 융단을 깔아놓은 듯했고,
다양한 깃털을 가진 새들이 마음껏 하늘을 날았지요. 얼룩무늬
새끼 사슴이 냇물을 마시는 곁에서, 다람쥐들이 풀밭을
뛰어다녔습니다. 그 어떤 동물도 존과 셀리나, 아이들을
무서워하지 않았답니다.

풀밭 너머엔 반짝이는 모래와 고운 조개, 색색깔 조약돌이
깔린 바닷가가 있었습니다. 유리처럼 맑은 에메랄드빛 잔물결이

저 멀리 어슴푸레 빛나는 절벽까지 흘러가 찰랑거렸습니다.
절벽 가운데쯤엔 눈처럼 하얀 석회암 동굴이 있었고요. 갈매기,
백조, 이름 모를 바닷새들은 은빛 원을 그리며 하늘을 맴돌거나,
모래밭에 내려앉아 부리로 날개를 다듬었습니다. 그 바닷새들도
숲의 동물들처럼 사람을 겁내지 않았습니다.

　모든 것이 햇빛과 달빛이 섞인 듯한 따스함에 감싸여, 너무나
아름다운 꿈의 세계에 잠겨 있는 것만 같았습니다.

　"오, 셀리나!"

　존의 입에서 한숨이 새어 나왔습니다.

　"나는 태어나서 이런 풍경은 한 번도 본 적이 없어."

　"정말 그렇게 생각하나요?"

　셀리나가 말했습니다. 그러자 존은 확신할 수가 없었습니다.
정말로 그랬나? 한 번도 이런 풍경을 본 적이 없었던가?

　아뇨, 그렇지 않았습니다. 존은 이 꽃향기를 맡았고, 저 냇물에
손을 적셨고, 바닷가를 거닌 적이 있었습니다. 언제였을까요? 아…
그건 먼 어린 시절 어느 순간들이었습니다. 다만 그가 자라오면서
하나둘씩 잃어버렸을 뿐이지요. 이제는 그 사물들과 추억들이
죽어버렸다고, 더 이상 아름답지 않다고 느꼈기 때문이었습니다.
존이 부지런한 나라에서 어른이 되어가는 동안, 아마도 어떤
존재가 그 버려진 기억들을 서쪽 울타리 너머로 던져버렸음을
깨달았습니다.

울타리 사이로 따라 들어온 아이들은 이제 이끼 위를 뛰어다니고, 개울과 바다에서 물장구치며, 모래와 꽃과 조개껍데기를 갖고 놀다가 동굴과 오두막으로 우르르 몰려갔습니다. 거기서 수많은 보물들— 인형, 나팔, 찻잔과 찻주전자, 그림책, 이야기책 들을 가지고 나왔지요. 인형들은 요정 같았고 나팔은 천사의 클라리온처럼 청아한 소리가 났습니다. 풀밭에서 연회를 열듯 찻주전자가 맛있는 차를 따르는 사이, 책 표지에선 요정과 영웅 들이 튀어나와 아이들 놀이 친구가 돼 주었습니다.

그 광경을 바라보던 존은 잊었던 뭔가를 기억해 내고 "앗!" 외치더니, 작은 사원으로 뛰어 들어갔습니다. 곧 그가 어린 시절 처음 가지고 놀았던 윙윙 소리 나는 팽이를 찾아왔지요. 줄을 감아 풀밭에서 돌리자, 팽이는 그가 태어났을 때 어머니가 불러주던 자장가처럼 감미로운 음악을 들려주었습니다.

"아, 셀리나! 우리의 부모님들은 왜 우리를 여기 오지 못하게 했을까?"

존이 안타깝게 말했습니다.

"그들은 잊어버렸기 때문이죠."

셀리나가 말했습니다.

"서쪽 숲에는 부지런한 나라를 위험에 빠뜨리는 무엇이 있다는 것만 알았죠."

"그게 무엇이지?"

"꿈이요."

셀리나가 대답했습니다. 존이 다시 물었습니다.

"내가 지난번에 왔을 땐 왜 이 모든 것들이 보이지 않았을까?"

"그 무엇도, 그 누구도 데려오지 않았으니까요."

"이번엔 내 시를 가지고 왔어."

왕이 말했습니다.

"또한 저를."

셀리나가 말했습니다.

존은 서쪽 숲에 들어온 뒤 처음으로 셀리나를 똑바로
응시했습니다. 그 순간, 그는 셀리나야말로 세상에서
가장 아름다운 여인이며 서쪽 숲 나라의 공주라는 사실을
깨달았습니다. 셀리나의 눈동자와 머리카락, 얼굴에는 은은한
빛이 감돌았습니다. 그가 평생 누구에게도, 심지어 지금까지
셀리나를 대했을 때도 알아차리지 못했던 모습이었지요. 그녀의
미소는 사랑스럽기 그지없고, 손의 감촉은 다정하고 부드러우며,
목소리는 너무나 달콤해 존은 머리가 어질어질했습니다. 어느새
셀리나는 은빛 서리가 내린 분홍빛 장미꽃잎 같은 드레스를 입은
채, 머리에는 무지개 같은 빛을 두르고 있었습니다.

"셀리나, 세상에서 가장 아름다운 사람."

존이 말했습니다.

"그래요. 서쪽 숲에선 말이죠."

셀리나가 말했습니다.

"내 시는 어디 있어, 셀리나?"

셀리나가 시를 건네주자 존은 떨리는 목소리로 읽었습니다.

난 그대가 유월의 풀밭보다

달콤하단 걸 안다오.

달을 바라보는 저 별만큼이나

밝게 빛나는 것도.

난 나의 풀밭을 갈망하고

나의 별을 꿈꾼다오.

비록 그대가 누구인지,

전혀 알지 못한다 해도.

"오, 셀리나. 너는 공주였어."

존이 속삭였습니다.

"늘 그랬죠. 서쪽 숲에서는요."

셀리나가 말했습니다.

"나와 결혼해주겠어?"

"네. 서쪽 숲에서는요."

"아니, 서쪽 숲 밖에서도!"

존 왕이 소리쳤습니다. 그는 셀리나 손을 꼭 붙잡고 새들과 꽃들의 덤불숲을 지나, 빠르게 울타리 반대편으로 나왔습니다.

"여기서도, 셀리나! 제발 그래주겠어?"

존이 숨가쁘게 물었습니다.

"무엇을 말인가요?"

"나와 결혼해주겠어, 셀리나?"

"아, 그거요? 네, 그럴게요."

셀리나가 대답했습니다. 그리고 그 말을 지켰죠. 셀리나는 늘 자기 일을 잘했기에 아주 훌륭한 왕비가 되었습니다.

결혼식 날, 젊은 존 왕은 부지런한 나라와 서쪽 숲 나라 사이 울타리에서 777번째 널빤지를 영원히 떼어냈습니다. 이제 아이든 어른이든 누구나 그 사이를 드나들 수 있게 되었지요. 종종 그렇듯, 지나치게 뚱뚱해지지만 않는다면 말입니다.

복숭아나무에 입맞춘 소녀

THE GIRL WHO KISSED THE PEACH-TREE

옛날 시칠리아 섬 링구아글로사[1] 마을 한 농가에 작은 소녀 마리에타가 살았습니다. 링구아글로사는 온통 과일나무로 가득해서 복숭아나무, 살구나무, 주홍빛 감이 열리는 감나무들이 자랐습니다. 해마다 가장 먼저 섬세한 분홍 꽃을 피우는 아몬드나무와 늘 푸른 잎사귀를 가진 올리브나무, 계절 따라 청포도와 자줏빛 포도 들이 한가득 열리는 포도밭도 있었습니다. 이곳 농부들 삶은 과일나무에 달렸고, 과일나무는 곧 그들의 재산이었지요.

과수원들은 큰 산기슭 발치에 펼쳐져 있었습니다. 꼭대기엔 커다란 구멍을, 내부엔 불의 심장을 가진 산이었습니다. 때때로 산이 화가 나면 구멍으로 불덩이와 벌겋게 달아오른 돌들을 토했는데, 정말이지 크게 분노할 때면 몇 날 며칠 녹아내린 돌덩이들을 불이 흐르는 강처럼 쏟아냈습니다. 구멍으로 용암이 뿜어져 나오는 모습은 흡사 거대한 솥에서 죽이 끓어 넘치는 것

같았습니다. 불꽃은 하늘로 수백 피트²나 치솟고, 벌건 돌들이
불길 사이로 날아와 온 사방에 떨어졌지요. 불의 강은 산비탈을
타고 흐르며, 가는 길에 있는 모든 것을 파괴해 풍요롭던 대지를
황무지로 만들어버리곤 했습니다. 불의 강이 지나친 곳은 공기도
너무나 뜨거워서 숨조차 쉴 수 없었습니다.

　산발치에서 땅을 일구며 사는 농부들은 산이 으르렁거리며 화를
낼까 봐 늘 두려워했습니다. 산이 그처럼 크게 분노하는 건 흔한
일은 아니었지만, 막상 그런 순간이 다가오면 마을 사람들은 성
안토니우스³에게 산의 분노를 달래고 과일나무를 지켜 달라고
기도했지요.

　마리에타는 일곱 살 때 처음으로 산이 본색을 드러내며
으르렁대는 소리를 들었습니다. 큰오빠 자코모가 하루 이틀
집을 비운 날 아침, 어린 복숭아나무 옆에서 혼자 놀고 있을
때였어요. 그 복숭아나무는 자코모가 가꾸는 과수원에서
가장 구석진 곳, 다른 과일나무들보다 더 산에 가까운 땅에서
자랐습니다. 여동생이 태어나던 날 자코모가 심은 나무였기에,
마리에타는 세상 무엇보다도 그 나무를 사랑했습니다. 마리에타는
복숭아나무가 친구인 것처럼 말을 건넸고, 자코모는 가끔 놀리듯
오늘은 네 친구 기분이 어떠냐고 동생에게 묻곤 했지요.
　"얘는 말이지, 아주 기뻐하고 있어."
　복숭아나무가 꽃을 피울 무렵이면 마리에타는 그렇게

대답했습니다. 복숭아나무가 열매를 맺을 때는 이렇게 말하기도 했습니다.

"오늘 내 친구는 말이지, 무척 건강해."

하지만 때가 되어 복숭아를 다 따내고 나면 마리에타는 다시 말했습니다.

"내 작은 소녀는 가버렸어. 그래서 밖에 나와서 놀지 않는 거야."

"작은 소녀가 어떻게 생겼는데?"

자코모는 물어보곤 합니다.

"정말, 정말로 예뻐. 그 애는 웃고 노래하고 늘 춤을 춰. 초록색 드레스를 입고 머리엔 복숭아꽃을 달았어. 지금은 산속에 있는 산왕 님한테 가 있을 거야. 그 애는 가고 싶어 하지 않았지만 말야."

자코모는 작게 웃음을 터뜨리며 마리에타의 까만 곱슬머리를 장난스레 잡아당겼지만, 한집에 살면서 요리를 해주는 루치아 할머니는 설레설레 고개를 저으며 중얼거리곤 했습니다.

"그럴 수 있지. 그럴 수 있고말고. 누가 알겠니?"

자코모가 집을 비운 그날. 마리에타는 꽃을 따면서 복숭아나무에게 재잘대다가 갑자기 땅이 흔들리는 걸 느꼈습니다. 허공에선 우르릉 소리가 들려왔고요. 이 마을은 그런 날들이 잦았으니, 마리에타는 여느 때처럼 지나갈 거라 생각하며 혼잣말했습니다.

"산왕 님이 뭔가에 화나셨나 봐."

하지만 그 소리는 나무들 사이에서 일하던 농부들의 일손을 멈추게 했습니다. 모두가 굳은 얼굴로 두려움에 사로잡혀 산을 바라보았지요. 곧이어 그들은 가장 무서워하던 일이 닥쳐왔음을 깨달았습니다. 오랫동안 계속될지 짧게 끝날지 아직 알 수 없었으나, 어쨌든 불의 강이 산꼭대기에서 흘러나오기 시작했습니다. 이대로라면 그날 밤쯤엔 나무 열매가 풍성하게 열린 산발치 과수원까지 내려올 것입니다.

그날 저녁 루치아 할머니가 마리에타에게 말했습니다.
"자, 가자꾸나."
"어디로요?"
마리에타가 물었습니다.
"마을로 가서 성 안토니우스께 기도할 거란다. 꽃도 가져오너라."
마리에타는 조그만 앞치마에 아침에 딴 꽃들을 가득 담아 루치아 할머니와 함께 마을로 향했습니다. 젊은이, 늙은이 할 것 없이 농부들이 사방에서 몰려왔고, 마을에 집이 있는 사람들은 벌써 성당에 모여 무릎을 꿇고 있었습니다. 많은 이들이 꽃을 가져와 성 안토니우스 상 발치에 놓아두었습니다. 마리에타도 앞치마에 담아 온 꽃을 그 앞에 바치고, 루치아 할머니 곁에 무릎 꿇고 기도했습니다.
"뭐라고 부탁해야 할까요, 루치아 할머니?"
마리에타가 물었습니다.

"불이 우리를 덮치지 않게 해달라고 부탁드리렴."

마리에타는 무릎이 아플 때까지 할머니가 말해준 대로
기도했습니다. 한참 뒤 자리에서 일어났을 때, 마을 아이들이 성당
높다란 기둥 뒤 그늘에서 놀고 있는 것을 발견했어요. 마리에타는
아이들과 놀다가 깜빡 잠이 들었고, 눈을 떠 보니 산허리에 사는
농부들이 성당으로 몰려들고 있었습니다. 숄을 걸친 여인들과
붉은색 낡은 털 망토를 두른 사내들이 자식들을 데리고, 더러는
옷가지와 살림살이를 챙겨 불의 강이 집을 덮치기 전에 서둘러
도망쳐 온 겁니다.

사람들은 밤새도록 성당에 머물며 불의 강이 멈추거나 다른
쪽으로 흘러가게 해 달라고 기도했습니다. 그러나 이른 새벽 밖에
나가 산을 보았을 때, 그들의 기도가 아무 소용 없었음을 한눈에
알았습니다. 불의 강은 농부들의 땅을 향해 밀려들었고, 머지않아
산발치까지 내려와 집들과 나무들을 집어삼킬 것입니다. 거리는
더 가까워져 공기는 타오를 듯 뜨거웠습니다.

루치아 할머니가 두 팔을 치켜들고 울부짖었습니다. 다른
사람들도 그랬지요. 그러자 신부님이 말했습니다.

"믿음을 가지십시오, 여러분!"

신부님은 남자들 몇 명에게 성 안토니우스 상을 들고나와 불의
강이 흐를 길목에 놓아두라고 했습니다. 남자들이 성당으로
들어가 성 안토니우스 상을 운반해 나오더니, 마을을 가로질러

신부님이 말한 길목에 세워 두었습니다. 여자들과 아이들은 꽃을 들고 따라가 성인상 발치를 수많은 꽃으로 덮었습니다.

환한 아침 빛을 받으며 산의 뜨거운 숨결이 그들을 향해 내려올 때 사람들은 모두 길에 나와 무릎을 꿇었고, 신부님은 두 손을 높이 들고 불의 강이 비켜 가게 해 달라고 하늘에 절박하게 기도를 올렸습니다. 하지만 용암은 여전히 흘러 내려오고 있었습니다. 마침내 신부님은 눈물을 글썽이며 사람들에게 말했습니다.

"여러분, 기적은 여전히 일어날 수 있으나 더 이상 여러분을 여기 머무르게 할 수는 없습니다. 너무 위험하니까요. 집과 나무는 하늘의 뜻에 맡기고 어서 떠나십시오."

농부들은 슬픔을 가득 안고 일어섰습니다. 그들은 서둘러 집에 들러, 가지고 떠날 물건들을 챙기고는 마지막으로 과수원 나무들에게 입을 맞추었습니다. 그리고 다시는 볼 수 없을 그들의 집을 뒤로하고 떠나기 시작했습니다. 마을 밖으로 나가는 길은 불의 강을 피해 도망치는 사람들로 물결을 이루었습니다. 루치아 할머니와 마리에타도 다른 이들과 함께 떠났지만, 얼마 가지 않아 루치아는 누군가가 자기 옷자락을 잡아당기는 걸 느꼈지요. 마리에타였습니다.

"할머니! 루치아 할머니!"

루치아가 내려다보았습니다.

"왜 그러니, 우리 아가?"

"사람들이 왜 나무에다 입을 맞췄나요?"

"나무를 축복해주고 무사하기를 비는 거란다. 신의 뜻이 그들의 목숨을 허락하기를."

"루치아 할머니, 난 내 복숭아나무한테 입맞추지 못했어요."

"가엾은 복숭아나무!"

루치아 할머니는 한숨을 쉬며 말했습니다.

"아마도 가장 먼저 죽겠지. 제일 높은 곳에 서 있으니 말이다."

"돌아가서 입맞춰 줘야겠어요, 루치아 할머니."

"안 된다, 안 돼. 이젠 그럴 수 없단다. 어쩔 도리가 없어. 봐라, 공기가 점점 뜨거워지잖니. 우린 빨리 가야만 해."

루치아 할머니는 몰려가는 인파 속에서 힘들게 걸음을 재촉했습니다. 서로 밀고 밀리느라 몸집이 작은 아이들은 구분이 안 됐고, 루치아는 그저 어떤 아이가 자신의 치마를 꼭 잡고 있다는 것만 느꼈습니다. 어서 서둘러야 한다는 생각밖에 없었지요. 누군가 길을 따라가며 목이 터져라 루치아 이름을 외치는 걸 듣기 전까지는 말입니다.

"루치아 할머니! 루치아 할머니! 어디 계세요? 거기 계신가요? 루치아 할머니! 어디 계시나요?"

"여기 있다, 나 여기 있어!"

할머니가 대답했습니다. 주위 사람들이 "할머닌 여기 계세요!" 소리쳤고, 많은 손들이 그녀를 앞으로 밀어주었습니다.

덕분에 루치아 할머니는 자코모와 만날 수 있었습니다.
자코모는 집으로 돌아오던 길에 마을을 떠나는 피난민 행렬을
보았고, 산에서 흐르는 불의 강이 이제 곧 그의 집과 과수원을
덮친다는 걸 알았습니다. 하지만 그 순간 자코모의 걱정은 집이나
과수원이 아니라 누이동생 마리에타였습니다. 그래서 루치아
할머니를 보자 얼굴이 환해지며 말했습니다.

"오, 하느님 감사합니다! 마리에타는 어디 있나요?"

"여기 있단다."

할머니는 그렇게 말하고, 치맛자락을 붙잡고 있는 아이를
앞으로 밀었습니다. 하지만 그 아이는 마리에타가 아니었지요.
산기슭에 살던 등이 굽은 농부의 아들 스테파노였습니다.

"아니, 얘가 누구야?"

루치아 할머니가 당황하며 외쳤습니다.

"마리에타는 어디 갔지?"

할머니와 자코모가 마리에타의 이름을 부르고 사람들도 큰
소리로 불러주었지만, 대답은 돌아오지 않았습니다. 마리에타는
어디에도 없었습니다.

갑자기 루치아 할머니가 두 손을 번쩍 들고 소리쳤습니다.

"알겠다! 알겠어! 성인이시여, 자비를 베푸소서! 마리에타는
복숭아나무에 입맞추러 간 게야."

할머니는 황급히 발길을 돌려 비틀거리며 인파 사이를
비집었고, 사람들은 할머니와 자코모를 위해 길을 터주었습니다.

자코모는 너무 두려워서 가슴이 터질 것만 같았습니다.

공기가 용광로처럼 뜨거운 것도 잊은 채 청년과 노인은 온
힘을 다해 산 쪽으로 갔습니다. 마을을 지나고, 꽃으로 뒤덮인
성 안토니우스 상을 지나고, 많은 이웃들의 포도밭과 과수원을
지나, 마침내 산발치에 있는 그들의 보금자리에 이르렀습니다. 집
안을 살피러 멈출 필요가 없다고 여긴 두 사람은, 뜨거운 열기를
견디며 땅을 가로질러 마리에타의 복숭아나무가 자라는 구석으로
향했습니다.

그 복숭아나무 아래서, 두 팔로 나무를 꼭 껴안고 뺨을 기댄
채 눈을 감고 있는 마리에타를 발견했습니다. 마리에타 곁에는
조그만 성 안토니우스 상이 있었습니다. 루치아 할머니 방에 있던
조각상을 마리에타가 나무 아래 가져다 놓고, 발치에 꽃 한 줌을
놓아둔 것이었지요.

자코모는 어린 여동생의 이마를 손으로 짚어보며 말했습니다.

"잠들었나 봐요. 열도 없어요."

"신이시여, 감사합니다!"

루치아 할머니가 말했습니다. 그러다 문득, 뭔가 달라진 것을
느꼈지요.

"공기가 더 이상 뜨겁지 않구나."

그들은 산 위를 바라보았습니다. 놀랍게도 산기슭에서 불의
강이 방향을 바꿔, 농부들의 땅 언저리를 흘러내리다 멈추고

있었습니다.

"이건 기적이야."

루치아 할머니가 떨리는 목소리로 말했습니다. 그때
마리에타가 움찔하며 눈을 뜨더니, 자기를 내려다보는 자코모를
발견했습니다. 마리에타는 펄쩍 뛰어올라 오빠의 목을
끌어안았어요.

"자코모! 아, 오빠를 볼 수 있어서 얼마나 기쁜지. 자코모 오빠가
없는 사이 무슨 일이 일어났는지 알아? 산왕 님이 말이지, 화가
나서 불의 강을 흘려보냈어. 난 성당에 가서 꽃을 바치고 밤새도록
마을 사람들과 거기 있었어. 그리고 아침에 성 안토니우스 상을
길목에 두고 무릎 꿇고 기도했는데 말야, 공기가 너무 뜨거워져서
결국 모두가 나무에 입을 맞춰주고 달아나야 했어. 그런데 난 내
복숭아나무에 입맞추는 걸 깜빡했던 거야, 자코모 오빠. 그래서
말이지, 집에 돌아와서 내 나무를 지켜달라고 할머니의 조각상을
가져다 놓고 복숭아나무에 입맞췄어. 나무가 너무 뜨거워서
무서웠는데 그 애가 와서 말했어. 두려워하지 마, 마리에타. 산왕
님은 돌아갈 거야. 내가 함께 돌아가겠다고 하면 말야. 마리에타가
돌아와서 내게 입맞춰주었으니, 나도 꼭 돌아갈 거야. 그러니
잘 자, 마리에타. 잘 자, 두려워 말고. 그래서 나는 잠이 들었어.
그런데 산왕 님은 어디 있어?"

"산왕 님은 돌아갔어, 마리에타."

자코모는 대답하고 마리에타를 꼭 안아주면서, 고개 너머로

루치아를 바라보았습니다. 늙은 여인은 자코모와 마리에타,
복숭아나무와 산을 차례로 돌아보고는 중얼거렸습니다.

"그럴 수 있지. 그럴 수 있고말고. 누가 알겠니?"

---

1 **링구아글로사** 이탈리아 시칠리아 섬의 에트나산 북동쪽 기슭에 위치한 마을. 쥬피터가
에트나산 중심부에 괴물 티폰을 봉인해 놓아, 그가 탈출하려 몸부림칠 때마다 화산이
폭발한다는 전설이 있다.
2 **피트** 길이를 재는 단위. 1피트는 1인치의 열두 배로 약 30.48cm
3 **성 안토니우스** 13세기 이탈리아 파두아를 비롯해 유럽에 명성이 높았던 카톨릭 성인. 풍부한
학식과 온화한 심성, 대중의 눈높이에 맞는 설교로 민중들의 큰 사랑을 받았다고 전해진다.

배럴 오르간

THE BARREL-ORGAN

갈 길이 먼 나그네가 있었습니다. 해질녘까지 집에 닿지 못한 나그네는 밤에도 쉬지 않고 걸어야 했습니다. 길은 언덕 너머 숲으로 이어져, 읍내도 마을도 심지어 외딴집 하나도 나타나지 않았습니다. 불빛이 없으니 앞이 잘 보이지 않아, 그는 얼마 못 가 숲 한가운데서 방향을 잃고 말았지요.

몹시 어둡고 고요한 밤이었습니다. 사방은 적막이 가득하고, 가까운 곳도 분간할 수 없었습니다. 외로워진 나그네는 곁에 길동무가 있으면 좋겠다 생각하며 혼잣말을 시작했습니다.

"자, 이제 어떻게 한다…? 계속 가야 하나, 여기서 멈춰야 하나. 이대로 가다가는 길을 잘못 들지도 모르는데… 그럼 날이 밝았을 때 되려 집에서 더 먼 곳에 있겠지. 그렇다고 가만히 멈춰 서 있으면 계속 이 자리일 테고."

나그네는 짐짓 중얼거렸지요.

"칠 마일은 더 가야 집에서 아침을 먹을 수 있을 텐데 어째야 하려나. 게다가 만약 여기서 멈춘다면 누워야 할까, 서 있어야 할까. 누웠다간 가시에 찔릴지도 모르고, 밤새 서 있으면 틀림없이 다리에 쥐가 날 테지. 그거참 어떡해야 할지…"

바로 그때였습니다. 문득 숲속에서 음악 소리가 들려온 것은요. 나그네는 단박에 혼잣말을 멈추었습니다. 그건 이런 곳에서 듣기엔 너무나 놀라운 소리였으니까요. 누군가 부르는 노래나 휘파람도 아니고, 피리나 떠돌이 바이올린도 아니었습니다. 그런 소리라면 이처럼 깊은 밤, 숲에서 들려온대도 크게 놀랄 일은 아니겠지요. 하지만 그때 나그네가 숲속에서 들은 음악은, 배럴 오르간[1] 연주였습니다.

음악에 귀를 기울이자 그의 마음은 행복해졌습니다. 길을 잃어서 어떡하나 하는 걱정은 사라지고, 마치 저 모퉁이를 돌면 금방 집이 보일 것만 같은 기분이 들었습니다. 그는 오르간 소리를 향해 다가갔습니다. 한 걸음씩 내디딜 때마다 발밑에서 풀들이 살랑거리고, 나뭇잎들은 그의 뺨을 간지럽히며 춤추는 듯했지요. 음악 소리가 가까워지자 나그네가 외쳤습니다.

"어디 계십니까?"

분명 저 어딘가 연주자가 있으리라 나그네는 확신했습니다. 아무리 숲속이라도 배럴 오르간이 저 혼자 손잡이를 돌려 연주할 수는 없을 테니까요. 역시 그가 옳았습니다. 곧 쾌활한 목소리로 대답이 들려왔거든요.

"여깁니다, 선생님!"

나그네는 손을 내밀어 배럴 오르간을 만져보았습니다.

"잠시만요, 선생님."

쾌활한 목소리가 말했습니다.

"우선 이 곡을 마저 끝내겠습니다. 원하신다면 춤을 추셔도 괜찮답니다."

떠들썩 울려 퍼지는 즐거운 음악을 따라 나그네는 빠르고 흥겹게 춤을 추었습니다.

"아아, 너무 좋군요!"

연주와 춤이 끝나자 나그네는 작은 한숨을 쉬며 말했습니다.

"뒷골목에서 살았던 열 살 때 이후로 배럴 오르간에 맞춰 춤춘 적이 한 번도 없었지요."

"그럴 것 같았습니다, 선생님."

오르간 연주자가 말했습니다.

"자, 여기 일 페니를 받으세요."

나그네가 말했습니다.

"감사합니다. 일 페니를 받아본 지도 참 오래됐군요."

오르간 연주자가 동전을 받으며 감사를 표했습니다.

"어느 쪽으로 가십니까?"

나그네가 묻자 오르간 연주자가 대답했습니다.

"딱히 정해 놓지 않았습니다. 어디로 가나 제겐 마찬가지라서요. 오르간은 여기서든 저기서든 똑같이 연주할 수 있으니까요."

"하지만 집들이 있는 마을 쪽으로 가야 사람들이 창문으로 동전을 던져줄 게 아닙니까?"

"꼭 그렇지 않아도 저 혼자 먹고살 수는 있습니다."

오르간 연주자가 말했습니다.

"그래도 당신한테는 아이들이 노는 뒷골목이 필요할 텐데요. 그렇지 않으면 누가 당신 연주에 맞춰 춤을 춥니까?"

"이런, 정곡을 찌르셨군요."

오르간 연주가가 웃으며 말했습니다.

"예전엔 저도 매일 남의 집 창문 앞에서 십이 펜스를 벌 때까지 연주했지요. 남는 시간엔 뒷골목에서 연주했고요. 육 펜스는 쓰고, 육 펜스는 저축했습니다. 하지만 어느 날 감기에 걸려 몸져누웠다가 나와보니, 제가 연주하던 골목에 다른 오르간 연주자가 와 있지 뭐겠습니까. 다른 골목엔 축음기가, 또 다른 골목엔 하프와 코넷[2]이 와 있더군요. 그래서 은퇴할 때가 되었구나 생각하고는 이제 마음 내키는 곳에서 연주합니다. 여기서든 저기서든 음악은 같으니까요."

"하지만 춤은 누가 추나요?"

나그네가 안타까워하며 다시 물었습니다.

"숲에서는 춤꾼이 부족할 일은 없답니다."

오르간 연주자는 그렇게 말하고 다시 악기 손잡이를 돌렸습니다.

연주가 시작되자, 나그네는 아까처럼 풀잎과 나뭇잎들이 팔락이는 걸 느꼈습니다. 어느새 허공엔 나방과 반딧불이

263

날아다니고, 밤하늘은 뒷골목 아이들처럼 춤추러 나온 별들로 가득 찼습니다. 별빛이 나그네를 비추자, 새삼 숲은 그에게 너무나 달라 보였습니다. 방금까지 거기 있는 줄도 몰랐던 꽃들이 음악에 맞춰 춤추려고 이끼를 뚫고 피어나는 것 같았지요. 잠잠히 고여 있던 작은 개울물도 소리 내어 흐르기 시작했습니다.

나그네는 비록 눈에 보이지 않아도 아주 많은 것들이 춤을 추는 걸 느꼈습니다. 꽃과 개울, 별들, 나방, 반딧불과 이파리들, 또 다른 것들도요. 지금 숲은 머리부터 발끝까지 온통 춤으로 가득했고, 구름 속에서 뛰쳐나온 달이 밤하늘을 미끄러지듯 따라와 더 이상 어둡지도 않았습니다.

나그네도 아까부터 즐겁게 춤추고 있었습니다. 뒷골목 열 살 아이 때 그랬던 것처럼 배럴 오르간 소리가 희미해질 때까지 말입니다. 그는 춤을 추면서 앞으로 나아갔고, 어느새 숲을 통과해 밝은 길 위에 서 있었습니다. 저 멀리 도시의 불빛이 반짝이고 나그네 앞에는 집으로 가는 길이 펼쳐져 있었답니다.

---

1 **배럴 오르간** 대형 오르골처럼 기록된 악보를 기계에 넣고 손잡이를 돌려 연주하는 휴대용 오르간. 가난한 거리의 악사들이 주로 연주했다.
2 **코넷** 피스톤 3개로 음색을 조절하는 금관 악기. 트럼펫과 모양이 비슷하지만 음색은 더 부드럽다.

파니키스

PANNYCHIS

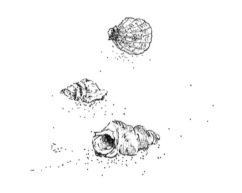

앙드레 셰니에[1]는 그의 시 「파니키스」를 시작하며 이런 이야기를 들려줍니다.

소녀들이 어린 소년을 둘러싸고 쓰다듬어주며 말했다.
"누가 그러더라. 네가 네 사촌 파니키스를 위해 시를 지었다고."
"응. 난 파니키스를 사랑하니까. 그 아이는 예쁘고 나처럼 다섯 살이야."
"우리한테도 그걸 들려주렴."
소년은 맑은 목소리로 읊조리기 시작했다……

아— 파니키스. 넌 나를 사랑할 수밖에 없을 거야.
우린 함께 살고 나이도 똑같은걸.
내 키가 얼마나 크게 자랐는지 보렴!
어제 내 새끼 염소 곁에 섰을 때

266

폴룩스*와 미네르바*의 이름으로 맹세하는데,

그 작은 염소 뿔이 내 머리카락에도 미치지 못했어!

호두 껍데기로 널 위해 만든 게 있어.

작은 상자란다, 눈부시게 파란 딱정벌레를 넣어두렴.

참 보드라운 털실로 속을 감쌌으니까.

오늘 아침엔 잔잔한 바닷가에서 색색깔 조개껍질을 주웠어.

우린 거기다 흙을 채우고 꽃을 심을 거야. 꼭 그럴 거야!

네게 보여줄게, 우리 연못에 띄울 배들을.

나무껍질로 널 지킬 함대를 만들 테니까.

우리 집 개는 참 착해. 저녁이 되면

널 등에 태우고 같이 산책 나갈 거야.

난 네 앞에서 걸으면서 이끌어줄 거야.

매일 밤 네가 순한 말을 타고 무사히 집으로 돌아갈 때까지.

예전에 누군가가(아마 폴 그레이브[2]였을 거예요) 프랑스 시인 중에 키츠[3]와 가장 비슷한 시인이 앙드레 셰니에라고 쓴 글을 읽은 적이 있습니다. 그래서 나는 프랑스를 방문했을 때 『앙드레 셰니에 시 모음집』이란 작은 책을 구했습니다. 예상과 달리 그 속에서 키츠의 시를 떠오르게 하는 작품은 찾지 못했지만, 대신 위에 번역해 놓은 시에 푹 빠지고 말았지요. 내겐 이 「파니키스」가 그 시집 속에서 가장 매력적인 글귀였습니다. 그가 프랑스어로 쓴 시는, 마치 모두가 행복했던 황금기의 맑은 공기를 들이마시는 듯

천진난만한 느낌을 주었답니다.

셰니에가 그 시를 소개하는 방식도 마음에 들었습니다. 짧은 전주곡처럼, 거의 설명하지 않고 그저 손짓으로 이리 가까이 와서 무슨 일이 일어나는지 지켜봐달라고 하는 것 같았습니다. 마치 햇볕이 잘 드는 목가적인 장소를 지나가는데, 소녀들이 어린 소년 곁에 무릎을 꿇고 앉아 소년이 천진스러운 사랑 이야기를 털어놓도록 구슬리는 걸 직접 보는 듯했습니다. 비록 우리는 그 소녀들과 소년, 소년이 흠모하는 사촌 파니키스가 누군지 모르고 스쳐 가겠지만, 그렇게 언뜻 바라본 풍경과 그들의 목소리는 이루어지지 못한 수많은 사랑 이야기들처럼 우리 기억에 남을지도 모릅니다. 덧없지만 아름다운 순간들처럼요.

우리는 소년의 이름을 모르고, 소년이 어느 시대에 살았는지, 어쩌면 그리스 어느 섬에 살았는지도 전혀 모릅니다. 소년이 앙드레 셰니에의 상상이었을지, 그가 어디선가 읽은 전설이나 신화 속 한 조각이어서 이야기를 마저 완성하고 싶은 영감으로 그려낸 그림인지도 알지 못합니다. 셰니에는 그 심상을 허공에 그 자체로 띄워버리고, 그냥 그렇게 둔 것이지요. 그저 다들 넌지시 추측하거나 상상하도록 말입니다.

그러니 우리가 아는 것은 소년이 사랑했다는 '파니키스'라는 소녀의 이름, 그리고 그 소녀가 다섯 살이라는 사실뿐입니다. 그렇다면 나머지 이야기는…? 언제, 어디서, 누구에게… 무슨 일이 일어났던 걸까요?

파니키스. 그녀의 사촌을… 사이먼이라 부르겠습니다. 사이먼과 파니키스는 아기 때부터 함께 자랐습니다. 두 아이 엄마들이 서로 자매였고, 그들 집은 숲 언저리에 나란히 서 있었으니까요.

숲 한가운데는 아름다운 호수가 있었습니다. 삼면이 비탈로 둘러싸여 감탕나무와 은매화, 유칼리나무들이 마치 비밀 장소처럼 그곳을 감쌌습니다. 맑고 잔잔한 수면에 햇빛과 달빛이 번갈아 비치고, 호수 나머지 한 면엔 드문드문 관목과 꽃들이 자랐습니다. 버드나무가 서 있는 모래톱은 야트막한 물이 발목에서 찰랑거리며 작은 암벽까지 이어졌고, 암벽 앞엔 알록달록한 조약돌이 보석처럼 흩어져 있었지요.

하지만 조금 더 들어가면 갑자기 물은 허리까지 쑥 깊어졌습니다. 호수 한가운데 헤엄치지 않으면 닿지 못할 곳에는 윗부분이 제단처럼 평평한 이층 바위가 보였습니다. 로즈마리, 제비꽃, 야생 파슬리, 여러 꽃 덩굴이 호숫가를 따라 뻗어가고, 잎이 창처럼 뾰족한 금빛 아이리스 무리가 그 모습을 물 위에 반영으로 비추었습니다. 호수는 파니키스와 사이먼의 집에서 반 마일쯤 떨어진 숲속에 있었기에, 그들은 자주 호숫가에 가서 놀았습니다.

아이들 집 앞에 펼쳐진 아르메리아와 갯질경이 들판 너머는 잔잔한 바다, 모래의 은빛 무릎을 베고 누운 끝없는 바다였습니다.

투명하고 푸른 바다는 너무도 고요해서 왠지 마법에 걸린 것만 같았습니다. 마치 하늘과 바다가 가장 아름다운 순간에 숨을 멈춰버리고, 스스로 그 아름다움에 홀린 채 영원히 남겨진 듯했지요. 아이들은 그 바닷가에서도 함께 놀았습니다.

두 아이는 나이가 같았지만, 다섯 살이 되자 몸집은 꽤 차이가 났습니다. 파니키스는 조그만 요정 같은 아이여서, 살갗은 희고 부드러웠고 팔다리는 꽃줄기처럼 섬세했습니다. 옅은 금빛 머리카락은 산들바람에도 가볍게 나부껴 그물 같은 햇살 모양으로 퍼져 나갔어요. 파니키스 엄마는 가끔 딸을 한 손으로 들어 올렸는데, 그때마다 파니키스는 경쾌하게 공중으로 깡충 튀어 올랐습니다. 엄마가 딸을 어깨로 올려 목말을 태우면 파니키스의 조그만 다리가 엄마의 목을 감쌌고, 반짝이는 머리카락이 얼굴 주위에서 나풀거렸습니다. 엄마는 "여기 내 황금 분수가 있구나." 하고 웃으며 딸을 내려놓곤 했지요.

그리고 어린 사이먼은, 갈색 살갗에 제 또래보다 키가 컸던 그는, 황금빛 분수가 허공에 솟구쳤다 내려오는 걸 바라보다 얼른 달려가 땅에 내려서는 파니키스를 받아 안았습니다. 파니키스가 또다시 높이 솟구쳐 영영 돌아오지 않을까 무서워하는 것처럼요. 사이먼은 꽃이 태양을 바라보듯 파니키스를 바라보았고, 새가 알을 돌보듯 파니키스를 돌보았습니다.

그는 파니키스를 기쁘게 해주려고, 지치지도 않고 바닷가와

숲에서 예쁜 장난감들을 찾곤 했습니다. 사랑스러운 보물들은
모두 파니키스 것이었습니다. 가장 고운 색깔 조개껍데기, 가장
새하얀 털실, 가장 화려한 딱정벌레, 가장 특이하게 생긴 호두,
가장 향긋한 꽃을 찾으면 사이먼은 그걸 혼자 간직하지 않고
언제나 파니키스에게 가져갔지요.

"이거 봐, 파니키스. 널 위해 찾은 거야."

"오, 고마워. 사이먼."

"맘에 들어?"

"응. 참 예쁘다."

"딱정벌레를 호두 껍데기 속에 넣어 둘까? 딱정벌레 집으로
쓰기에 딱 알맞은 크기야. 조개껍데기엔 제비꽃을 심자. 하얀
제비꽃 있는 데를 알아. 그것도 가져다줄까?"

"응, 그러면 좋겠어."

"넌 날 사랑하니, 파니키스?"

"그럼. 사랑해, 사이먼."

"난 키가 아주 커지고 있어. 폴룩스와 미네르바의 이름으로
말하는데, 벌써 새끼 염소보다도 커! 넌 언제나 날 사랑할 거지?"

"언제나."

파니키스가 말했습니다.

파니키스는 온종일 사이먼이 주워 온 조개껍데기를 갖고 놀고,
사이먼이 가져온 제비꽃을 심고, 사이먼이 만든 조그만 나무껍질

배를 호수에 띄웠습니다.

"마음에 드니, 파니키스?"

"오, 그럼. 맘에 들어."

그러다 잠잘 때가 되면, 사이먼은 집에서 기르는 덩치 큰 개 등에 파니키스를 태우고 집으로 데려다주었습니다. 그럴 때마다 파니키스는 조개껍데기도 나무배도 꽃들도, 전부 바닷가나 숲속에 그냥 두고 왔습니다. 그래도 자기가 그것들을 버렸다거나, '간직하지 않은' 거라고는 생각하지 않았답니다. 왜냐하면 파니키스에겐 조개껍데기가 어디에 있든 다 그녀의 조개껍데기였고, 꽃이 어디서 자라든 다 그녀의 꽃이었으니까요. 눈길 닿는 모든 세상이 파니키스 것인데 어떻게 그걸 버렸다고, 잃어버렸다고 말할 수 있겠나요? 어디에 놓아두든 언제나 그녀 것인데 말입니다.

여기 햇살 비치는 파니키스의 호수가, 파니키스의 푸른 바다와 그 위에 뜨는 파니키스의 저녁별이, 여기 풀이 돋아나는 파니키스의 들판과, 그 너머 파니키스의 은빛 모래밭이, 여기 파니키스의 새끼 염소와, 저 언덕 새끼 염소들까지 다 파니키스 것이었습니다. 그리고 여기 그녀의 사이먼, 이 세상 모든 사람들도 그녀의 것이었지요.

그래서 파니키스는 결코 알지 못했습니다. 사이먼이 그녀에게 좀 더 특별한 사람이 되고 싶어 해도, 그가 준 조개껍데기를 다른 조개껍데기보다 더 사랑해주길 원해도, 그가 준 꽃이 다른 꽃보다 더 향기롭단 걸 알아주길 원해도, 그녀는 결코 알지 못했지요.
파니키스는 자유로웠고 세상을 향해 웃음을 터뜨렸습니다. 삶은
그녀에게 기쁨이었으며, 그녀는 아무것도 없었지만 모든 것을
가졌습니다.

　　어느 날 사이먼은 혼자 다른 곳에서 파니키스를 위한 시를
지었습니다. 사이먼의 엄마가 그걸 듣고는 자매에게 말했습니다.
　　"사이먼이 네 파니키스를 얼마나 사랑하는지!"
　　그러고는 웃음을 터뜨렸지요. 그의 엄마는 어린 아들이
시인처럼 시를 지었다며 여기저기 다닐 때마다 자랑했습니다.
　　얼마 지나지 않아 사이먼이 고운 조약돌과 해초를 찾으러
바닷가를 떠돌 때, 선선한 저녁 바다에서 헤엄치던 소녀들이
물에서 나와 그를 불렀습니다.
　　"사이먼! 꼬마 사이먼!"
　　사이먼이 멈추자 소녀들은 그를 에워쌌습니다. 아글라이아*가
허리 숙여 사이먼 이마에 키스하니, 젖은 머리카락이 소년의 뺨을
스쳤습니다.
　　"누가 그러더라. 네가 네 사촌 파니키스를 위해 시를 지었다고."
　　"응. 난 파니키스를 사랑하니까. 그 아이는 예쁘고 나처럼 다섯
살이야."
　　"어쩌면! 우리한테도 그 시를 들려주렴."
　　사이먼은 맑은 목소리로 시를 노래했지요. 소녀들은 어린

소년을 칭찬하며 토닥여주었습니다.

"무척 예쁜 시구나!"

"사이먼! 얼마나 영리한지."

"그렇게 달콤한 말로 노래하다니 네 사촌을 정말 사랑하는 게 틀림없어."

"응. 모두가 파니키스를 사랑해."

사이먼이 말했습니다.

"당연히 그렇겠지. 하지만 조심해."

아글라이아가 말했습니다.

"네가 파니키스를 큰 개의 등에 태우는 순간, 황소가 에우로파*를 데리고 달아난 것처럼 그들도 달아날지 모르니까."

"무슨 황소? 에우로파가 누구야?"

"그건 네 어머니한테 물어보렴. 우린 이야기를 들려줄 시간은 없단다."

소녀들은 사이먼에게 키스하고 다시 바다로 뛰어들었지요.

사이먼이 엄마에게 에우로파와 황소에 대해 묻자, 엄마는 그 이야기뿐만 아니라 지하 세계로 납치된 페르세포네*, 월계수로 몸을 바꾼 다프네*, 갈대로 변한 시링크스*와 샘물이 된 아레투사* 이야기도 들려주었습니다.

그때부터였습니다. 사이먼은 파니키스와 호숫가에서 놀 때 그녀의 손을 꼭 잡고는 물속으로 들어가지 못하게 했습니다.

파니키스가 한순간 금빛 아이리스나 골풀로 변할지도
모르잖아요? 숲속에선 파니키스가 꽃을 뽑지 못하게 했습니다.
꽃이 뽑혀 나간 구멍에서 지하의 왕 하데스가 올라와 그녀를
납치할까 봐 무서웠기 때문입니다.

사이먼은 파니키스 위로 떨어지는 햇살마저도 두려웠습니다.
포이보스*의 키스가 어느 소녀를 푸른 나무로 바꿔버렸다고
했으니까요. 사이먼은 파니키스 발등으로 찰랑거리며 밀려오는
파도조차 두려웠기에, 이제는 밤이 되어도 파니키스를 집에서
키우는 개의 등에 태워주지 않았습니다.

"왜 안 되는데?"

파니키스가 물었습니다. 사이먼은 차마 신들이 그의 개로
변신할지 몰라 두려워서 그런다는 말을 할 수 없었습니다. 이
아름다운 세상 전부— 하늘과 땅, 바다, 한때 파니키스를 기쁘게
해줄 것들을 찾아 헤맸던 모든 장소가 지금은 그저 그녀를 위험에
처하게 할 것처럼 보였습니다. 이미 다프네, 시링크스, 페르세포네,
에우로파가 신들에게 희생되었는데, 이토록 사랑스러운
파니키스가 어떻게 그들로부터 도망칠 수 있을까요? 사이먼은
낮이나 밤이나 파니키스를 그림자처럼 따라다니며, 웃음기 하나
없는 얼굴로 그녀의 손과 옷자락을 꽉 붙잡았습니다. 파니키스는
사이먼을 이상하다는 듯이 바라보았지요.

"왜 그렇게 바짝 붙어서 따라오는 거야, 사이먼? 오, 너무 세게
잡지 마!"

파니키스는 애원했습니다.

"우리가 늘 하던 대로 바닷가에서 달리기하지 않을래?"

"아니, 안 돼. 나한테서 달아나지 마!"

"그럼 숨바꼭질 할까?"

"안 돼, 나한테서 숨지 마!"

"호수에서 같이 물장구치자."

"아냐, 파니키스. 호수는 너무 깊어."

"가장자리는 안 깊은걸. 나한테 헤엄치는 법을 가르쳐준다고 약속했잖아."

"언젠가는. 오늘은 안 돼."

"왜 안 된다는 거야? 지난주에 파슬리로 만든 왕관이 호수 바위에 있는 걸 봤어. 네가 거기 가져다 둔 거니?"

"아니. 난 그렇게 멀리는 헤엄 못 쳐."

"나라도 멀리 헤엄칠 수 있다면 좋을 텐데. 그럼 누가 거기다 왕관을 갖다 놨을까? 그건 신께 바치는 제물 같았어."

"어떤 신?"

"몰라. 하지만 나도 신께 제물을 바칠래. 사이먼이 행복하게 해달라고."

"난 네가 곁에 있을 때 행복해. 넌 날 사랑하니, 파니키스?"

"응, 사랑해. 그러니까 행복하게 웃어봐."

갑자기 파니키스는 사이먼을 뿌리치고 소리 내어 웃으며 숲속으로 뛰어갔습니다. 사이먼은 두려움에 휩싸여 뒤를 쫓았습니다.

"행복하게 웃어봐! 행복하게!"

파니키스가 어깨 너머로 소리쳤습니다. 그녀는 웃고 또 웃으며 달려가 나무들 사이로 사라져버렸습니다.

아… 사이먼은 파니키스를 그에게서 숨겨버린 나무들이 얼마나 증오스러웠는지 모릅니다. 파니키스의 웃음소리는 그를 호수로 이끌었지만, 거기서도 그 모습은 찾을 수 없었습니다. 사이먼은 잔물결 하나 일지 않는 고요한 수면을 노려보았습니다. 호수조차 증오스러웠습니다. 저 물은 대체 무엇을 숨기고 있는 걸까요? 햇살 한 줄기가 감탕나무 사이로 그가 왔던 길을 비추었을 때, 사이먼은 공포와 증오 가득한 눈빛으로 햇살을 올려다보았습니다.

그러다 불현듯 사이먼은 자기가 세상 전부를, 파니키스를 위해 한때 그토록 사랑했던 것들을 두려워하고 미워하고 있다는 사실을 깨달았습니다. 나무들, 꽃들과 햇살, 물, 무서운 신들이 깃들지 모를 모든 것을 말입니다. 어떻게 이 세상을 두려워하며 평생 살아갈 수 있을까요? 사이먼은 파니키스를 세상으로부터 간절히 보호하고 싶었지만, 파니키스는 언제나 그 모든 것을 사랑했을 뿐입니다. 그러니 이제 어디에서 파니키스를 찾을 수 있단 말일까요?

문득 사이먼은 호수 저편에서 울리는 그녀의 희미한 웃음소리를 들었습니다.

"행복하게 웃어봐!"

외치는 소리도 들은 것만 같았습니다. 사이먼은 온 힘을 다해 뛰어가며 파니키스의 이름을 불렀습니다. 하지만 오직 메아리치는 웃음소리만이 사이먼을 이끌고 또 이끌었습니다. 숲 밖으로, 꽃들이 핀 들판을 지나 저 아래 바닷가로, 파도가 은빛 모래를 부드럽게 어루만지고 청회색 저녁 하늘에 뜬 별들이 파르르 떨리는 곳까지. 그 모두가 너무나 사랑스러웠습니다.

하지만 파니키스는 아무 데도 보이지 않았고, 다시는 나타나지 않았습니다. 사람들은 숲속 빈터와 동굴들을 샅샅이 뒤지고, 호수 밑바닥으로 들어가보고, 파도가 밀려왔다 밀려가는 해안가를 지켜보았습니다. 그러나 대체 무엇이 파니키스를 데려갔는지, 바다인지 호수인지 숲인지 누구도 알지 못했습니다. 어쩌면 햇살이거나 별들이었는지도 몰랐지요.

사이먼은 어른이 되었고, 사랑을 하고 결혼도 했습니다. 그는 아내를 많이 사랑했지요. 비록 아내를 위한 시를 짓지는 않았습니다만. 아내도 사이먼의 어린 사촌 파니키스를, 숲속에 핀 꽃이나 조개껍데기처럼 아름답고 작은 소녀였을 때 몹시도 기이하게 사라져버린 그 이름을 알고 있었습니다.

사이먼은 가끔 그의 아이들에게 파니키스의 시를 노래해주었습니다. 아이들은 좋아하며 파니키스가 그랬던 것처럼 조개껍데기에 꽃을 심고, 호수에 나무배를 띄우고, 집에서 키우는 큰 개의 등에 올라타 산책을 나갔습니다. 사이먼은 아이들이 두려움 없이 그렇게 하도록 했습니다. 그도 서서히 두려움을 버리고 다시 세상을 사랑하기 시작했으니까요.

하지만 그가 아내나 아이들에게 결코 말하지 않는 게 있었습니다. 종종 그렇듯 살아가는 일이 너무 힘들어 견디기 어려운 순간이면, 자기도 모르는 사이 온 세상의 아름다움이 하늘에서, 풀잎에서, 나무와 바위에서, 민물과 바닷물에서, 빛과 어둠에서 사이먼에게 밀려들었습니다. 그럴 때마다 그를 뿌리치고 달아난 순간만큼이나 선명하게, 파니키스의 사랑스러운 웃음소리가 들려온다는 것을요. 저 하늘과 땅에서 그녀가 외치는 소리가 들려오는 겁니다.

"행복하게 웃어봐! 행복하게!"

---

1 **앙드레 셰니에** 프랑스 시인. 어머니의 살롱에 드나드는 작가와 예술가들 틈에서 성장했고, 그리스 시에 빠져들어 그리스와 이탈리아를 여행했다. 프랑스 대혁명 당쟁에 휘말려 젊은 나이에 단두대 이슬로 사라진 뒤, 그가 남긴 시들이 발견돼 시집으로 엮어졌다.

2 **폴 그레이브** 영국 시인. 테니슨과 함께 『영국의 명시집』을 편찬해 시인과 작품을 널리 알리는 데 공헌했다.

3 **키츠** 낭만파 영국 시인. 탐미적인 예술 지상주의를 추구했다.

★ 그리스 로마 신화에 등장하는 이름들
 폴룩스 제우스의 아들로 불사의 몸을 가졌지만, 쌍둥이 형이 죽자 우애를 지키려고 같이 죽음을 택했다.
 미네르바 지혜의 여신. 아테나의 다른 이름.
 아글라이아 미의 여신 카리테스의 세 자매 중 하나. 빛나는 아름다움을 상징한다.
 에우로파 페니키아의 공주였으나 그녀에게 반한 제우스가 황소로 변신해 크레타섬으로 납치했다.
 페르세포네 대지의 여신 데메테르의 딸. 그녀에게 반한 하데스가 저승으로 납치했다.
 다프네, 시링크스, 아레투사 사냥의 신 아르테미스를 모시던 님프들. 원치 않는 신들의 구애를 피해 각각 월계수와 갈대, 샘물로 변신했다.
 포이보스 아폴론의 별칭.

옮긴이 노트

엘리너 파전(Eleanor Farjeon)은 1881년 영국 런던에서
태어났습니다. 그녀의 아버지 벤자민 레오폴드 파전은 가난한
집안에서 태어나 젊은 날 금광을 찾아 오스트레일리아로
건너갔다가, 영국으로 돌아온 뒤 저널리스트, 작가, 연극 극본가로
활동했습니다. 연극배우 마거릿 제퍼슨을 만나 결혼했고 그들은
엘리너를 비롯해 다섯 남매를 낳아 자유롭고 예술적인 가정
분위기에서 아이들을 자라게 했습니다.

어린 시절 가족들에게 '넬리'로 불리던 엘리너는 몸이 약했던
데다 시력도 좋지 않아, 학교에 다니는 대신 책이 넘쳐흐르는
집 안에서 손에 집히는 대로 수많은 책을 읽고 공상하고
타이프라이터로 이야기를 쓰며 성장 과정을 보냈습니다. 그녀의
부모는 아이가 읽는 책에 전혀 간섭하지 않았기에 '읽어서는 안
되는' 책이 없었고, 집에 찾아오는 가정교사에게도 '엘리너만은
내버려두라'고 할 정도였기에 어린 엘리너는 자기만의 다락방에서

무한한 상상의 세상을 여행할 수 있었지요. 그 때문인지 엘리너는 시인이자 작가가 되었을 때 이런 유명한 말을 남겼습니다.

"어린이에게 맞춰서 쉽게 쓰겠다는 생각을 버려라. 어린이의 수준에 맞추려고 애쓰지 마라. 어린이가 특정한 말투에 반응한다고 생각하지 마라. 어린이가 모른다고 생각되는 어휘와 사건을 쓰는 걸 두려워하지 마라."

…제가 독립출판을 시작하고 가장 처음 한 일은 엘리너 파전 작품 판권에 관해 알아보려고 에이전시와 소통한 것이었습니다. 당시 국내에서 『작은 책방』이 절판 상태였거든요. 이건 어떤 계시나 운명이 아닐까 싶었습니다. 저의 유년을 너무나 사뿐히, 그러나 치명적으로 강타했던, 마치 책이 가득한 다락방에 쌓여 있던 먼지가 갑작스러운 바람에 풀썩 일어나 허공을 떠돌고, 그 먼지들이 코와 입으로 들어와 눈은 따갑고 연거푸 재채기하면서도 결코 그 다락방을 떠날 수 없는 기분을 제게 안겨준 책이 바로 엘리너의 『작은 책방』이었기 때문입니다. 그 당시엔 『보리와 임금님』이라는 제목으로 만났지만요.

이 책을 읽다 보면, 여기 들어 있는 이야기들이 어린이를 위한 환상적인 선물인 동시에, 비단 어린이만을 위해서 쓰인 것이 아니라는 걸 느낄 수 있었습니다. 진짜 명작들은 그렇지요. 어린 시절에 읽었던 책을 어른이 되어 다시 읽어도 전혀 시시하지 않고, 그때는 보이지 않았던 행간의 또 다른 의미가 보이는 놀라움. '열 권의 책을 한 번씩 읽는 것보다, 한 권의 책을 열 번 읽는 것'이 때로는 더 많은 것을 깨닫게 할 때가 있습니다. 제겐 이『작은 책방』이 그런 책입니다.

인생을 살면서 사람은 참 많이 변하지만, 또 알고 보면 참 변하지 않는 게 사람인 것도 같습니다. 한 사람의 내면에 그의 유년과 청년 시절이, 중장년 시절과 아직 겪지 않은 앞으로의 노년이 동시에 공존한다는 생각이 들곤 합니다. 그건 각 세대가 서로를 이해할 때 그럴 수도 있고, 어쩌면 모든 세대가 공통적으로 가지는 '원형'의 감정 때문에 그런 듯도 합니다. 오래 읽히는 좋은 이야기들의 매력은 그 '원형'의 보편성에 작가의 고유한 서정이 합쳐질 때 더욱 크게 빛나겠지요.

지난 2년 동안 저는 틈틈이 엘리너 파전 특유의 분위기와 결을 살리며 그 문장들을 우리말로 옮기기 위해 온 마음을 쏟았습니다. 제 인생에서 처음으로 '아, 나도 작가가 되고 싶다.'는 열망을 품게 해준 존재였기에, 그녀의 작품을 새롭게 단장하고 소개하게 돼 진심으로 영광입니다.

우지영 책읽는곰 주간의 추천사처럼, 우리에겐 저마다의 '서쪽 숲 나라'가 있습니다. 삶에 지친 우리가 언제든 그 속에 들어가 마음을 쉬고 돌아올 수 있는 공간이 절실할 때,『작은 책방』이 그 숲과 같은 공간이 되어준다면 너무나 기쁠 것 같습니다.

봄부터 초겨울까지 한 해 꼬박 이 책에 실릴 삽화를 그리며 보낸 일러스트레이터 김진희 작가, 아름다운 장정으로 책을 꾸며준 김민정 디자이너께 지면을 빌려 감사 말씀 전합니다. 늘 곁에서 배려해주는 사랑하는 가족들, 특히 함께 수많은 자료를 찾고 같이 밤을 새우며 도와준 완 군에게도요.

부디 엘리너 파전의 아름다운 작품 세계에 저의 작업이 누가 되지 않았기를 바라며, 작가 노트에서 그녀가 말했듯 '행운이 찾아와 누군가 이 책을 펼쳐주어 잠시나마 다시 빛을 볼 수 있게' 해주기를, 새로운 독자를 만나 이야기들이 다시 살아 숨쉴 수 있기를 소망합니다. 이 책을 펼치는 모든 독자분들께 무한한 감사와 사랑을 전합니다. 일찍 철든 소녀들과 소년들, 마음속에 어린 시절과 젊은 날이 살아 있는 어른 소녀들과 청년들, 어느덧 머리카락에 하얗게 눈이 내린다 해도 지나온 날들의 보석 같던 순간들을 잊지 않는 나이 든 이들까지… 모든 시절의 우리들에게 이 『작은 책방』을 바치고 싶습니다.

2023년 12월
파주에서, 이도우

작은 책방

초판 1쇄	2023년 12월 21일
3쇄	2024년 7월 4일

지은이	엘리너 파전
옮긴이	이도우
일러스트	김진희(인스타그램 @jineewinee_)
디자인	lookbook studio
펴낸이	김도민
편집인	이말리

펴낸곳	㈜수박설탕
등록	2020년 7월 6일(제2020-000143호)
주소	경기도 고양시 일산동구 백마로 213번길 36, 1019호
전화번호	031-8070-3736
메일	mallilee@soobakpub.com
인스타그램	@bookbutler

ISBN 979-11-976717-4-6

추천의 말

엘리너 파전의 『작은 책방』을 처음 만난 순간을 아직도 기억한다. 방마다 책이 넘쳐나는 집이라니! 책이 수북이 쌓인 다락방이라니! 활자 중독의 기미를 보이던 여덟 살짜리 여자아이는 단박에 '일렁이는 햇살 속에서 금빛 먼지가 춤추듯 반짝'이는 작은 책방으로 끌려 들어갔다. 그 뒤로 책이 넘쳐나는 집은 내 로망이 되었고, 나는 지금까지 책 만드는 일을 하며 책을 가득 쌓아놓고 살아간다.

내가 이 책에서 「작가 노트」 못지않게 좋아하는 이야기는 「서쪽 숲 나라」다. 부지런한 나라의 젊은 왕 존이 '과연 쫓아낼까 말까?' 고민하던 시큰둥하고 건방진 하녀 셀리나가 사실은 자긍심 넘치는 서쪽 숲 나라의 공주였더라는 이야기 말이다. 나도 다르지 않다. 현실에서는 어떤 고단함이 있을지라도 777번째 널빤지 구멍에 손가락을 넣어 빗장을 여는 순간, 자긍심 넘치는 서쪽 숲 나라의 주인이 된다. 지금껏 읽어왔던 책과, 책만큼이나 아름답지만 쓸모없는 것들로 이루어진 세계. 그 세계를 짓는 법, 그 세계로 들어가는 법, 그 세계에서 힘을 얻어 돌아오는 법을 내게 알려준 이는 엘리너 파전이다. 수박설탕에서 새롭게 태어난 『작은 책방』이 많은 이들에게 777번째 널빤지 입구가 되어주기를.

우지영 책읽는곰 주간

그랜마 북셀프 시리즈

Grandma's
Bookshelf Series
No.2

[근간]

엘리너 파전 『유리구두』 국내 최초 완역본! 위트와 반전이 반짝이는 황홀한 클래식 명작.